铁葫芦 | 文艺馆

铁葫芦

我和我母亲的疼痛

赵敌——著

SPM
南方出版传媒
花城出版社
中国·广州

图书在版编目（CIP）数据

我和我母亲的疼痛 / 赵敔著. -- 广州 : 花城出版社, 2014.11
ISBN 978-7-5360-7242-8

Ⅰ. ①我… Ⅱ. ①赵… Ⅲ. ①日记－作品集－中国－当代 Ⅳ. ①I267.5

中国版本图书馆CIP数据核字(2014)第224286号

出 版 人：詹秀敏
责任编辑：文 珍 林 菁
技术编辑：薛伟民 陈诗泳
封面设计：所以设计馆

书　　名　我和我母亲的疼痛
　　　　　WO HE WO MU QIN DE TENG TONG
出版发行　花城出版社
　　　　　（广州市环市东路水荫路 11 号）
经　　销　全国新华书店
印　　刷　北京慧美印刷有限公司
　　　　　（北京市昌平区沙河镇七里渠南村 530 号）
开　　本　880 毫米×1230 毫米　32 开
印　　张　8.25　2 插页
字　　数　167,000 字
版　　次　2014 年 12 月第 1 版　2014 年 12 月第 1 次印刷
定　　价　35.00 元

如发现印装质量问题，请直接与印刷厂联系调换。
购书热线：020－37604658　37602954
花城出版社网站：http://www.fcph.com.cn

目 录

20 世纪 60 年代的父亲和母亲

/ 第一章 /

你回来陪陪我吧

2011 年 12 月 3 日

你回来陪陪我吧

“你回来陪陪我吧。”母亲说，我们之间有一根看不见的电话线，一根电缆、光缆，或者只是看不见的电波。总之，电话那头，母亲的声音清晰、果断、决绝，就像她每次对我说的：“变天了，再加一件衣服。”而我此时坐在老板的宝马车里——她几个月前刚买的，她之前开的是一辆奥迪 A6，我不明白她一个人为什么要开两辆车，为了这辆车，她找了所有能找的朋友帮她摇号。那时，北京已经开始限购，买新车需要先排队摇号，摇中的概率很低，但她终于还是如愿了。车里还有公司里的其他同事，我们一起去谈一个已经谈了半年的项目。这个项目对公司来说意味着新业务的启动，为了这次谈判，我匆忙地将母亲从医院接回家。之前，她再次住进医院时没有告诉我，我只知道，第二次化疗诱发了严重的带状疱疹，为此不得不再次住进医院，但面对她的病情，全省最有权威的专家也束手无策，只说：“由此引发的疼痛令病人痛不欲生，为此有患者用死来结束这种痛苦。”专家陈述这种痛苦的时候没有感情色彩，对他来说，这就是疾病的表征，而不是感同身受的情感抚慰。我赶到医院的时候，母亲已经没那么痛苦了，勉强可以吃点东西。我推开病房门的那一刻，母亲脸上满是吃惊，当然，我同样没有告诉她返程时间，五天后我就得返回北京工作。

临走那天，母亲坚持从卧室挪到客厅，我把一床毯子盖在她身上。在一堆纤维织物下面，她的身体几乎化为无形，“消瘦”是近两年来我每次见她就想脱口而出的词汇。当我们都了解这种无名的消瘦是癌细胞的作用后，就不再轻易使用这个词了。只是母亲的脸庞始终都很饱满，肉感化解了她略有些方的脸庞，尤其是年纪越来越大之后，倒显得比年轻时更加丰盈而又风韵绰约。母亲年轻时是个美人，追求者无数，我在黑白照片上看到的她，双眼神采飞扬，可少女的矜持和拘谨让她不够绽放，不如中年以后有种自信的张扬。

我们对坐着，母亲就那样看着我，像是有很多话要说，但她始终不说，只是听我七拉八扯地说些不痛不痒的事。我向来就怕她不说话地看着我，因为她不说，我也知道她心里的想法：“别走了，你一走家里就只有我自己，太冷清、太孤单。”即便在心里，母亲也不会说：“我剩下的日子不多了。”从被确诊为肺癌晚期起，她就想要创造奇迹。她一辈子都在跟命斗，出生在战火纷飞中，先天不足的早产儿，上学晚却立志做个医生。整个大学时代，胃出血、神经衰弱、国家三年自然灾害导致的营养不良，让她更像弱不禁风的林黛玉，但后来竟成长为一名雷厉风行的妇产科大夫，以及一个把家操持得井井有条的主妇。当我都已经长成大姑娘了，还有她大学时代的追求者无比感慨地追忆那些青春岁月。在他们的想象中，母亲更应该是赋诗葬花焚书稿、多愁善感的样子。其实，母亲从来都不喜欢林黛玉，她一直努力让自己成为林巧稚。她从不轻易示弱，不论是向男人、向命运，还是向疾病，更何况向我。

送我的车到楼下了，我俯下身浅浅地抱了抱她的身体，她顺势拉住我的手。母亲的手向来都很有劲，那种劲儿不是干粗重的活儿练就的，却有一种让人无法拒绝和反对的力量。只是一握，很快就松开了，我转身走向门，开门关门，逃也似的离开家。车开动的时候，我连回身看一眼楼上窗户的想法都不敢有。此时，母亲已经不能自主地起身走向阳台，像以往一样看看是谁开车送我，看看我是不是回身挥手。十年前，我去了北京，母亲都极少去机场送我，我们都不喜欢送别，不论走多远走多久。

我回答说："好。"母亲便不再追问我什么时候回去，但我已经在心里决定谈判结束就向老板辞职。一年来，我几乎每个月都在请假，这次不能再请假了。一个月、两个月，不，我心里对母亲的预期是半年或者一年，不会更久了。对一个确诊时就已经是晚期的肺癌患者来说，在经过了所有可能采用的治疗方法之后，一年八个月的时间已经算是奇迹。这是必须要面对的结果。

车里的其他人还在继续刚才的话题，我重新加入其中，心想着第二天一上班我就去辞职。一周前，我刚回来工作。

我是母亲唯一的孩子。我们相距三千公里。她现在病入膏肓。这些公司都清楚。花了半年时间准备的项目昨天刚刚敲定，我是项目组成员之一，这些我也很清楚。我和老板面对面坐着，我们年龄相仿，偶尔谈起父母时她会泪流满面，她父亲去年去世，当时她不在身边。最后我们各退一步，我回家陪母亲，但尽量确保有半天时间在网上处理工作。这是权宜之计。

睁开眼睛，窗外是冬日的艳阳，但屋里有些冷，我已经不习惯没有暖气供应的冬天。继续在被窝里赖了一会儿，每一分钟都在挣扎。母亲七点钟准时起床，退休前，她从不迟到，即便是退休后，她也如此。

果然，我走进隔壁卧室时，母亲正在穿衣服，每做一个动作都有一次不短的停顿，以便把气喘匀再继续。然后，我扶着她一步一步挪到卫生间。每天清晨是她精神状态最好的时候，所以她要利用这段时间擦洗身体、换衣服。一个月前她已经不能自己洗漱了。毛巾在微烫的热水里浸湿，然后拧干，我的手指透过冒着热气的毛巾一寸一寸划过她的身体，在缺少油脂而干燥的皮肤下是清晰可见的脊柱和肋骨。母亲背对着我，放在洗手池上的双臂虚虚地支撑着身体，她下意识地遮挡着身体的正面——松垮、暗淡无光的皮肤疲倦地下垂着，从镜子里能看到同样松垮干瘪的乳房。那个曾经丰满、光洁的身体痛苦地佝偻着，吃力地喘息着。

换上干净的衣服，母亲打量着镜子里的自己，头发因为放疗已经脱落得所剩无几，沿着发际线稀稀拉拉的一圈白头发里夹杂着几根黑的。母亲把玉兰油润肤膏在脸上均匀地涂抹开，再一次环顾着镜中的自己，问："还没有脱颜变形，哈？"像是征求我的意见，我不置可否地点点头，把她搀回卧室，让她重新躺下。

早餐的蒸鸡蛋是按母亲的要求做的，每一个步骤都严格照办，虽然隔着一面墙，但她似乎对厨房里发生的一切了如指掌。嫩滑得吹弹可破的蛋羹赢得了母亲的赞许，我有点受宠若惊，因为母亲总不给我机会表现我在厨艺方面可能具备的才能，却又总是责备我作为一个女人缺少这方面的技能。现在，总算有机会让她发现我的潜能了，于她、于我都很重要。

母亲的一日三餐都只能由我做好端到床前，然后再一同进餐。三十年前，同样的一幕曾经发生在某家医院的病房，那时病床上躺着的是父亲，无数个休息日里，我们一家三口在那间单人病房里吃最简单的饭菜，但其乐融融。三十年后，病榻上的母亲竟与她的爱人在身体的同一部位长了同样的肿瘤，只是病床前的我，已经从一个中学生长成了一个中年人。

吃过饭，母亲倚靠着床榻，正午的太阳照进来，满满一屋阳光。大概是刚才那碗热汤和满屋的阳光让她的脸上泛着红晕。母亲一直在说话，说话内容从都有谁来探病，分别送了什么东西，到新换的钟点工的表现，直到她每天吃的药的种类和疗效。这些话题，从昨天我一进家就说了不止一遍，现在不过是简单地重复。我坐在飘窗的窗台上，太阳烘烤着身体，暖洋洋的，让人昏昏欲睡。

2011 年 12 月 4 日

家是一个女人的全部

照例七点钟起床，给母亲做蛋羹——她规定自己每天吃一碗，除了这碗嫩滑、淡盐、半固体的蛋羹，偶尔喝点肉汤，主食是一碗小锅米线。做得再松软的米饭，她都觉得难以下咽，任何美食摆在面前，都只是用筷子象征性地夹点尝尝，然后就让端走。从上次出院后，母亲就这样了。记得外婆说过："连饭都不想吃，离死就不远了。"其实，九十七岁才去世的外婆在临走的那天晚上，仍然吃了一小碗米饭，等家里人都睡下了，还照旧去检查了所有的门窗是否关好，丝毫没有要离世的征兆。第二天清晨，见她没有按时起床，我们才发现她已经断了气，但面容安详得像在睡梦里。

"外婆说过，连饭都不想就是快了。"母亲昨天这样对我说，她越来越喜欢引用外婆说过的话。这种时候我总是不置可否，我当然知道外婆这样说过，但我更知道，母亲是一名受过正规的医学院教育、从医四十多年的妇产科主任医生。

快八点的时候，母亲接了一个电话，这个时间来电话的只会是甄叔叔。自从母亲生病以来，他每天早晚各来一次电话，通常问三个问题——“今天感觉怎么样？”母亲回答：“还好。”“吃东西了吗？吃得比昨天多点吗？”母亲回答：“差不多。”“今天疼痛减轻了没有？”母亲回答：“没有。”然后，挂断。我好多次听母亲说“别给我打了，有事我会打给你”，但甄叔叔还是会每天准时准点来电话，就像他每周准点准时来看母亲两次，连每次停留的时间也都差不多长。

有时我想，母亲一辈子都是个文艺范儿的女人，喜欢听音乐、读小说，看催人泪下的文艺片，喜欢在镜头前面展现自己，喜欢把家里弄得有品位有格调，身边也总是围绕着各种年龄段的朋友。他们有的喜欢她做的菜，有的喜欢跟她谈人生，有的喜欢让她解答婚姻的困惑，有的真心把她当成自己的榜样。她有着这个年龄少有的风度、体态、对生活的热情和对时尚敏锐的把握。当然，我还见过一些真心喜欢她的单身老头儿，有文学教授，有离休干部。可她终究还是跟这位把日子过得像时钟一样准确、刻板的男人保持着来往，这半个世纪的情谊如此坚不可摧。

他们是彼此的初恋，整整五年的厮守最终还是输给了五个月如火如荼的爱情攻势。也因此这个世界才有了我。

当这个男人重新出现在母亲的生活中时，所有人都没有感到意外，虽然，所有人都知道，他们彼此很难重新厮守。被命运分开了几十年的两个人，阻隔他们的是彼此已经改变的身份、地位、家庭关系，还有纠葛不清的情感、世俗观念。在我心中，这个爱了母亲半个世纪的男人虽然不是父亲，却有着父亲一样不可替代的地位。我敬重他，把他当成这个家里的成员，所有关于母亲的决定，我都会第一个向他征询意见。

这个常规的问候电话引爆了母亲的情绪，她回忆起生命中最重要的两个男人：一个是父亲，另一个就是甄叔叔。她觉得，就是这两个男人改变了她的命运。当年她决绝地选择了父亲，不顾家里反对，放弃一段五年的感情，执意要嫁给一个看上去手无缚鸡之力的白面书生。这个因为营养不良而长得像根豆芽菜的男人，聪明、风趣、才华出众，母亲相信自己真的找到了爱情和幸福。最让她感动的是，当她为了摆脱这种三角关系的纠缠和无奈，决定离开省城医院随医疗队到县医院工作，遭到所有人的反对时，父亲却为了能与母亲相伴左右，也放弃了省城医院的工作从而顶替掉别人的名额，跟着母亲一起去了县医院。

母亲的这个决定彻底改变了我们这个家庭的命运，在那次“把医疗卫生的重点放到农村去”的运动中，全院她第一个报名。几十年来，家里人一直对她这一行动表示不理解，在很多人眼里，那不过是因为母亲爱表现、好面子。而父亲当时正在热恋中，所以也冲动地追随母亲而去。他们在一个边远的小县城里做了十五年的医生，这段时间里，他们的同学有的已经是省级医院某个学科的学术权威，而他俩充其量就是一个县级医院的主治大夫。最令母亲追悔莫及的是，父亲再也没有机会展示他的才华，肺癌在这个男人刚刚四十岁出头时夺走了他的生命，也夺走了她的幸福人生。

我看着因为激动而脸上泛着红晕的母亲，突然有些理解她在五十年前做出那个决定的心情。一个怀春的少女面对追求者的欲罢不能，面对三角关系的不知所措，面对失败者的内疚和自责，正巧，有一个机会让她能抽身离开，她当然不可能周全地想到人生起承转合中的种种意外。

“养女儿就是操心，你没有孩子所以不能体会。”话锋一转，母亲开始数落我从小到大的种种不是：学习让她操心，谈恋爱没让她省心，好不容易结了婚又跑到离她三千多公里外的北京。以前，母亲总是隔一段时间就要找我谈话，每次都以这些陈词滥调结束。后来，每次回家的头三天我都会被世上最甜蜜的母爱浸泡，而临走的前一天，我们之间必然有这样一番谈话。最终往往是母亲声泪俱下，我低头不语。“你就是像你爸，长得像他，性格像他，生活能力差也像他。他死得早，这些年我努力挣钱，就是要让你过得像有爹的孩子一样，现在这房子留给你，还有些存款也留给你，保证你后半辈子能独自生活，不用靠男人。”不知道从什么时候开始，母亲的叙述中“钱”和“男人”这两个词出现的频率越来越高，而且总是在使用时不经意地加强语气，在这背后，我听到了愤怒，甚至是恨。

紧接着，她说了一个数字，这是半年来我第三次听她谈到遗产——一套房子，外加一笔存款，今天我听到了一个完全不一样的数字。

家是一个女人的全部：秩序、审美、价值观和她所有的爱。所以，我回到这个房子里，就是住回母亲的世界，我呼吸她呼吸的空气，使用她使用的锅碗瓢盆，穿她穿的衣服，然后，不知不觉变成她，或者按她希望的那样生活，因为她已经替我想好了往后所有的日子——独立、自强。

如果是一年前，甚至半年前，我一定会激动地对着她大喊大叫，泪流满面地说："妈，离开你就是想让你明白，不在你的庇护下我也一样能够活得好，我能成为你的骄傲。"然而我没有这样做，虽然，母亲用她的爱，或者以爱的名义再一次伤害了我。我只是看着她布满风霜的脸、被子下面消瘦的身体，因为喘息而上下起伏的胸脯。我告诉自己，让她尽情地表达她想表达的吧，这样的机会越来越少了。其实我感到浑身的血液都在向上涌动，我的头皮、脸颊都因为充血而发烫，血液一阵阵地往上冲。我不断地跟自己说："冷静，保持冷静。"

2011 年 12 月 5 日

疼痛是上帝赐给人类的礼物

癌症晚期导致的疼痛已经持续了一段时间，为了减轻疼痛，母亲开始服用一定剂量的吗啡。上个月，身体免疫能力的低下诱发了严重的带状疱疹，这是病毒性疾病，最直接的表现就是疼痛。“腋下、乳房、背部、肋间肌群，撕裂的疼、针刺的疼、捶打的疼。”母亲是个好医生也是个好病人，因为她有着极强的语言表达能力，能够精确地向医生陈述病情和体征。与癌症晚期的疼痛不一样，这种疼痛更加尖锐，而且还伴有皮肤表层的灼热感。疼痛让人厌食、失眠、焦躁、沮丧，最终失去对生命的信心。实际上，疼痛是上帝赐给人类的礼物，因为有痛感我们才能及时地发现身体的异常。然而，现代医学面对疼痛始终束手无策，医生们唯一能做的就是给患者服用吗啡、杜冷丁等，或者许多不为普通人所知的镇静类药物，但缓释作用十分有限。

那段时间，每隔三四分钟母亲的脸就会因为疼痛而变形扭曲，有时还伴着她尽力压低的呻吟声。每个在场的人都束手无策，除了看着她，不能做任何事情。我有时想，让我帮她疼一会儿吧。可我从来没有让母亲看到我的这份心意，我始终表现得冷静，或许还有点冷漠。所谓的感同身受，在我看来只会发生在有着同样经历的两个人身上，为此，我真的愿意与母亲交换她正经受的疼痛。

几天后，疼痛的程度有所减轻，不知道是因为新的治疗方案有了效果还是病程的自然改变。每次疼痛的间隔时间从三四分钟，延长到十分钟、二十分钟、半个小时，但医生们仍警惕地说，还要继续服用吗啡。因为从目前的临床症状来看，癌症晚期的疼痛只会随着癌细胞的无限扩散而加重，带状疱疹的疼痛也会持续相当长的时间。出院时，医生开了一定剂量的吗啡片，让母亲坚持服用。吗啡已经被公认为是治疗疼痛的最安全和有效的药物，对身体的毒副作用也几乎为零。在相当一段时间里，吗啡片被等同于毒品，即便是用于临床，人们也对于它可能导致的药物成瘾性存在极大的担忧，为了防止吗啡的滥用，临床使用都需要到公安部门备案。

在我们的价值观里，对于疼痛的耐受有着英雄主义的情结，通常，英雄人物用对肉体痛苦的忍受换来对信仰的坚守和理想的实现。反之，懦夫总是在面临肉体的痛苦时轻率地投降，这多么可耻。所以，我们被近乎无情地剥夺了表达疼痛的权利，在生命过程中不断地学习和加强着忍受疼痛的能力。另外，在中国的近代史中，鸦片战争作为最耻辱的历史记忆是与鸦片分不开的。于是，我们提倡用自身的耐受来对抗疼痛，排斥通过药物这种外力手段减缓身体的不良感受，这里面不仅有英雄主义的情结，还有一个民族关于耻辱的记忆。

直到近些年，中国的医学界才开始重视疼痛这一生理现象，正视人类肉体疼痛的极限，正视疼痛对我们日常生活的影响。其实人类并不像自己以为的那么坚强，况且我们有表达疼痛的权利，有要求减轻疼痛的权利。于是，临床放宽了对镇静、吗啡类药物的使用剂量，尤其是癌症晚期的患者，被特许无限量地使用吗啡类药物止痛。临床证明，吗啡致幻成瘾并非是普通剂量就能实现的，而且，对一个濒临逝去的生命来说，安详、轻松、平静地度过每一刻，比什么都有价值，也更为重要。

当然，便秘是长时间服用吗啡带来的副作用之一，于是，母亲在稍稍摆脱了疼痛的折磨后不得不花更多的时间待在马桶上，虽然我们用尽了各种可能的办法，但收效甚微。

吃过午饭，母亲就催着我去家政公司找钟点工。在生病之前，她一直都是自己做家务，做饭、洗衣，包括维持这套一百五十平方米的房子的清洁和秩序。这一年多以来，家里已经换了六七个不同年龄段的钟点工。往往是一个月以后，母亲就开始挑剔她们的工作：地擦得不够干净、厨房收拾得不够清爽、菜的味道不合口味。其实，我知道她内心在希望这个人不仅仅是一个钟点工，还可以像亲人一样彼此体贴、细致入微、和睦互敬，但这种人际关系似乎更多地出现在那些电视剧里，反正我不相信自己能有这么好的运气。

贵州女孩昨天向我提出辞工，理由是家里有老人过世，她要回老家奔丧。我心里清楚，她根本不打算再回来。我刚回来母亲就向我数落了她的种种不是，这个从贵州大山里出来不久的小姑娘，总是表现得有那么一点木讷，但干起活来还算踏实。母亲最不能忍受的是，她做事总是粗脚笨手，不仅弄得乒乓乱响，还不时打破碗、摔了瓶子。

新的钟点工小曲，二十五岁，是个三岁孩子的母亲，看上去眉清目秀，还透着一股干练劲儿，一看就是把做家务的好手。我回家向母亲描述了一下情况，她似乎不是特别满意地说："他们说，有小孩的人干活总是不能太尽心。"我没有理会母亲的态度。

到家时，甄叔叔已经来了。他又是提前下车，走了一站多地，就为了给母亲买一碗她最喜欢的小锅米线，还顺便给我买了些熟食。"我怕你不会做饭，没得吃。你自己也要吃好，日子还长着呢。"在他的记忆里，我还是那个被母亲呵护得什么都不懂、什么也不会的笨小孩。尽管母亲已经亲口告诉他，我现在做的饭菜也不错。

甄叔叔明显老了，虽然背还挺直，目光依然炯炯有神，但听力是不行了，很多时候我必须附在他耳边说话，以便他能听得清楚些。这也是他不喜欢打电话的主要原因。

我以为甄叔叔会留下来吃饭，我盼着有人来看母亲，也盼着有人跟我们一起吃饭，这样家里会热闹些。可惜，四点钟甄叔叔就要离开，站在门口，他说："现代医学也不是万能的，疼痛看起来是最简单的，但就是解决不了。"我在他脸上看到了无奈和沮丧，还有点自责。我知道，母亲刚刚又向他描述了自己的疼痛，又在抱怨作为专家的甄叔叔面对她的疼痛时表现出来的束手无策。

母亲向来就对甄叔叔的专业表示不屑，觉得皮肤科解决的不过是些皮毛问题，而带状疱疹就恰好属于皮肤科。“每次就只会说，这种病就是疼，痛不欲生啊。”显然，这些话对于病人来说，不仅没有带来任何希望，而且还加重了病毒带给他们的绝望。或许在甄叔叔眼里，母亲不仅是病患，也是一位有着丰富医学背景的医生，他不能也不想用不实的承诺去哄骗她，他能做的便是坦诚现代医学的局限和不足。在他的心里，经历了太多人生磨砺后的母亲，坚强、乐观、积极、隐忍，也或许，他内心是这样希望的。虽然我理解肉体正经受着正常人无法想象的疼痛的母亲对一位业内专家所抱的希望，但还是忍不住替甄叔叔辩解：“现代医学面对病毒性疾病始终缺乏有效的手段。”母亲沉默着，眼睛空洞地盯着电视机，她喜欢看那种欢天喜地的综艺类节目，显然她还在生气。

2011 年 12 月 6 日

我只是需要个帮手

上午小曲按时来了，我把她领到母亲的房间，母亲毫不顾忌地打量着她。母亲不会喜欢这张脸——清秀沉着的眉目间透着机巧与精明。“我们家人少，也没有多少活儿，也不是那种挑剔的人家。”母亲说“挑剔”这两个字时，特别加重了语气。母亲笑起来的样子很好看，虽然已经年过七旬，如今又重病缠身，但一夜的好睡眠让她脸上的皱纹得以稍稍舒展，展现出岁月磨砺的光彩。

对于钟点工我没有特别的期许，我只是需要个帮手。看上去，小曲是个合适的人选。她初中毕业就在家务农，结婚后跟着丈夫到城里讨生活，丈夫是个送水工，孩子是他们生命中所有希望的寄托。城市对她来说是一个梦想——通过努力让孩子能在这里上学、工作、结婚，最终成为一个城里人。为了这个目标，她做任何工作都很努力，对待钱的问题锱铢必较。母亲特别交代我：“一定要先立好规矩，否则以后就乱了。”好像我们是一个人口众多的家庭。其实加上北京的林木，一共也就三个人。“我母亲已经是肺癌晚期，你在她面前说话做事要小心一些，人生病久了情绪都会不太好。”最后我特别叮嘱小曲，“你千万不要在她面前提她的病。”小曲怔怔地看了我有一分钟，然后慎重地点了点头。后来我才知道，她爷爷不久前刚被确诊为肺癌，为了不拖累家里人，老人第一时间就决定放弃治疗，回家坐以待毙。

刚过九点，探病的人已经络绎不绝。我喜欢家里来人，这样能让这个大房子里充满欢愉与温暖，母亲也会高兴起来，尽管免不了的寒暄会让她有些吃不消。今天特别让母亲高兴的是，阿米替林送来了——开处方的医生十分肯定地说：“这是一种能彻底解除疼痛的特效药。”我对这种说法将信将疑。从去年确诊到现在，母亲经过了伽玛刀、化疗，还有传说中各种特效药的治疗，每次不同的专家、主任都是从自己的专业角度进行最权威的分析诊断，都笃定地认为自己的方案是最符合世界先进水平的、最有效的。一年多来，且不说癌细胞是否被有效地控制，仅是各种并发症——红血球下降、脱发、带状疱疹、疼痛、便秘就已经让我们焦头烂额了。于是，癌症本身倒不是最主要的矛盾，能把并发症控制住，所有人就都已经“阿弥陀佛”了。但所有的治疗都像是在踩跷跷板，踩住这头另一头就翘了起来，另一头踩下去了这头也必然反弹。我们能做的不过是两头奔波，疲于应付。

午饭后，母亲吃了阿米替林。其实，这并不是什么新药，更不是止痛的特效药，而是用于精神病临床治疗的，简单地说，就是用抑制病人神经兴奋的手段达到止痛的疗效。果然，整个下午母亲都在昏睡，晚饭喂到嘴边，她只是迷迷糊糊地吞咽，即便如此，也只是有限地吃几口。我发现，药品说明书上关于药物副作用的部分明确地写着：眩晕、食欲不振、嗜睡。昏睡中，母亲感觉不到疼痛。

床头昏暗的灯光下，母亲半张着嘴，发出沉重的鼻息声。我在床边坐下，看着她的脸——眼睑紧闭、鼻翼有节奏地开合着，脸上那些长长短短纵横交错的皱纹写满疲惫、焦虑、担忧、愁绪、委屈、惊慌、不舍，只是没有了疼痛。谢天谢地，她终于可以安稳、平静地睡上一觉了。放疗和化疗之后，母亲的头发脱落得更加厉害，她不愿意别人看到她脱发的样子，就连睡觉时也戴着帽子，那些稀疏的白发里夹杂了几根黑色头发，那黑色显得特别刺眼和多余。

肺部组织活检报告出来的那天，我拿着那份有医生签字的病检报告给甄叔叔打电话，我不能也不敢去跟母亲坦白这个结果——对刚过了七十岁生日的母亲来说，这该是一个多么可恶的消息。电话里，甄叔叔说了一家餐馆的名字，约好中午一起在那儿吃饭。靠窗的位置正对着翠湖，湖边树木葱郁、花朵盛开，明媚的阳光下人们悠闲地漫步。餐馆的紫色调——优雅中的静谧，反衬着窗外的生机与喧哗。我猜，这应该是母亲平时喜欢的一家餐厅，甄叔叔自己是不可能知道这里的。

林木张罗着点菜——自从他成了这个家的一员，餐桌上的事都由他负责。在一桌精致的中餐之外，我很不合时宜地要了一份冰淇淋。母亲之前像是一直在看着窗外的风景，甄叔叔也配合地一言不发。“多大的人了，还吃这个。”母亲眼神里的不满与嗔怪狠狠地刺了我一下，她不满意我这个近乎撒娇式的要求。“你看，这些树在我们读书的时候就在这里了。”母亲继续看着窗外的湖水和巡道树，那些桉树笔直葱郁地立在路边。“唉，人啊，还比不上一棵树。”我好像看到母亲眼睛里的泪水，还有目光中更加显而易见的绝望。其实，母亲一定已经猜到病检结果了，就像当年父亲早就对自己的病情了然于胸，但至死，我们仨都没有谈论过他的病情。

甄叔叔那天好像说了好多话，因为耳背，平时他的话已经越来越少。“读医学院的时候，我和你妈经常从学校散步到这里，街道、湖水、树都是现在这个样子，连湖边的围栏都没变。”母亲低头喝碗里的汤，碗是她最喜欢的骨质瓷——洁白、细腻，没有瑕疵。

晚上离开母亲的房间时，我给她留了灯。平时母亲的睡眠极浅，任何响动或者光亮都会打扰到她，但现在我必须留着灯，以便我随时可以观察到她。坐在没有开灯的客厅里，耳边交替着迅疾的车流声和母亲的呼噜声，偶尔的安静让这间没有暖气的屋子越发地冷清。

夜已经很深，再次进到母亲的卧室，她依然沉沉地睡着，几乎没有变换过睡姿。

2011 年 12 月 9 日

我相信精神的力量

走进母亲的卧室，一团漆黑中有种令人不安的寂静。我有些惊慌地喊了声：“妈！”我被自己的声音吓了一跳。我害怕得不到回应，害怕那种空洞的静。大剂量服用镇静、麻醉药物的最大风险就是呼吸抑制，对一个正常人来说尚且如此，更何况一个病入膏肓的人。好在我立刻得到了回应。

我仔细地端详着母亲的脸——从她的表情判断昨晚的睡眠质量和疼痛程度，这是我每天做的第一件事。如果昨晚睡眠安稳充足，她脸上的线条就柔和如水。我最怕看到她脸上所有的器官都扭动到不属于自己的位置上，看着一张严重错位的脸，没有人能表现淡定，然而又只能束手无策。为了不让别人看到自己痛苦时的样子，母亲为自己制定了精确的服药时间，一天三次的服药时间分别是：晚上临睡前、午饭后和早餐后。药效和良好的睡眠质量能确保她有相对饱满的精神状态，但疼痛并不总是按她的作息时间来临，偶尔有来探病的人会目睹到母亲疼痛时的表情，他们脸上的表情往往比母亲更加痛苦，手足无措的惊慌与自责让痛苦再添一层悲伤。

“究竟是带状疱疹的痛还是癌性疼痛？”疼痛伴随着母亲不屈不挠的诘问，也使得她不厌其烦地问医生、问我。更多时候她是在问她自己，从来没有答案，没有人能给出一个答案。她想知道，是癌细胞更加深入并扩散到身体更多的部位，还是带状疱疹继续咬噬着她的神经？在医生们看来，两种情况的结果并没有差别，但母亲不这样认为。

连续的昏睡显然补充了体力，我和小曲在厨房准备午饭的时候，母亲竟然扶着墙一步步地挪出卧室，站到了厨房门口。她来告诉我们，她想喝点粥。对于突然站在面前的母亲，小曲有些意外。“阿姨好多了。”小曲低声地对我说，“肺癌能拖这么长时间啊?！”她或许从母亲身上看到了某种希望，她显然想到了她爷爷。“每个人的病程和身体状况都不相同，所以存活时间也不一样。”我无法直白地告诉她，物质条件和社会地位的差异也会决定存活期的长短和存活的质量。小曲继续着手里的工作，以她的聪明，当然不需要把话说透。

母亲的状态的确不错，一周以来，她第一次表现出了对食物的兴趣。她喝了一小碗粥，象征性地吃了一点撕成细丝的鸡肉，然后在餐桌边坐了一小会儿。她看着我们吃饭，像在欣赏一台戏剧，渴望投身其中扮演某个角色。

有人说，母亲现在活的就是精神。我不相信奇迹，但我相信精神的力量。母亲一直说，她要创造奇迹，或许她真的能够实现。

2011 年 12 月 10 日

比天更冷的是家里的气氛

今天很冷，又是周末，除了小曲，一整天都没人登门。比天更冷的，是家里的气氛。

母亲的情绪一直不好，因为疼痛，还是疼痛，只有疼痛。她痛不欲生的时候，我是她唯一的依靠，我轻抚她的背部，希望能减轻疼痛，但充其量只是分散了她的一些注意力。她把头埋进我的身体里，此时，不需要语言，我们能感受到彼此的温度，我们亲密无间。

疼痛退去，我们在大段大段的时间里相视而坐，母亲看着我欲言又止，我看着被褥下她日渐空瘪的身体，无言以对。我能听到冷空气流动的声音，能听到血液在身体里流动的声音，能听到花园里孩子们的声音，能听到楼道里钥匙在锁眼里转动的声音，能听到街对面邻居家争吵的声音。但我不想听到自己的声音，也不想听到母亲的声音，在又一次剧烈的疼痛的折磨之后，我知道，此时母亲心底里所有的抱怨、委屈、不满、痛苦、悲伤、遗憾都会被勾连出来，我只是沉默着，希望这无声的空白能浇灭正在她心里升腾的火焰，这是我唯一能做的。

2011 年 12 月 13 日

母亲圈定的“亲友团”

门口这个人我没有见过，显然，她也是第一次来访。后来我知道，来人就是母亲曾向我提起过的银行理财顾问。母亲慎重地把对方介绍给我。我好奇地问：“把这样一个人介绍给我何用？”母亲是知道的，我从不关心家里有多少存款，也不知道每月的收支状况，连自己工资卡的密码也常记不得。

这些天来看母亲的人大多我都不认识，看上去她们都比母亲年轻许多。母亲说，原本都是她的病人，一来二往成了忘年交。我离家十年，因为甄叔叔的缘故，母亲不再考虑找个老伴，这些年，除了甄叔叔，是这些“忘年交”们让母亲孤寂的生活有了许多快乐。现在，母亲逐一把她们介绍给我，说她们都是我的姐姐，她们有的经商，有的教书，有的做医生，有的是服装店老板，也有导游、公务员或者家庭主妇。母亲认为在她百年之后，这些人都将成为我生活中的老师、朋友，甚至是亲人。“以后你们要多帮助她。”这种近乎“托孤”的方式后面，我看到了她对自己唯一的女儿在日后人生道路上的深深担忧。

我最不擅长与陌生人沟通，把茶水递给对方后，就只是礼貌地点头微笑。正在琢磨该如何打破眼前的尴尬时，对方已经滔滔不绝地说开了。先是说母亲这一生是如何不容易（可见她们的交情不只限于银行业务），又是如何地疼爱我这个唯一的女儿，并且恰当地表达了同为女人的理解（在我看来不过是她为了与客户拉近距离的销售策略）。“听你妈妈说，你连家里有多少存款都不知道。像你们这种情况，你更得给自己留点私房钱以备不测。现在这个社会诱惑太多，再好的感情、再稳定的婚姻都可能出现危机，给自己存笔私房钱就是给自己留条后路。再说了，家里大的开支就应该由男人来承担，给他们一点压力他们总能想到办法，否则他们哪儿来的动力？”为此她甚至以自己为例，以证明这套理论的正确性。（母亲该有多么信任眼前这个人，才会把家里的情况都告诉她。）

用世俗的标准来说，母亲的确是个很会过日子的女人。父亲去世后，家里的生活就完全依靠她支撑，当时外公外婆与我们同住，外公有点微薄的退休金，仅够他自己花销。但是印象中，我们家是全班同学中最早有录音机和电视机的，在电冰箱还凭票供应的时候，我们家已经有了一台日本东芝牌双开门电冰箱。后来，母亲还办过留职停薪，自己开了个小诊所，尽管时间不长，但我猜，家里买的第一套商品房就是她那时挣到的钱。那时候，对于很多家庭来说，商品房还是个陌生的概念，大家都住着单位分配的房子。可惜，母亲这方面的优点丝毫没有遗传给我，如同她的长相。

我尽量让自己保持微笑，虽然内心有一个声音在说："你有什么资格对我的生活指手画脚？"母亲手里一直握着那人递给她的一堆花花绿绿的宣传单，微笑让她看上去那么通情达理、平和温婉，她还不时点头表示赞许。我感到浑身发烫，尤其是脸颊越来越烫，我知道那是因为我情绪激动，现在如果开口说话，声音一定是颤抖的。理财顾问完全沉浸在自己的情绪中，她从母亲的表情中得到鼓励，她继续说，虽然她嫁了一个很会挣钱的男人，有一个可爱的儿子，婚姻稳定，但她同样给自己存了私房钱。说这话时，她一脸得意的神情。

敲门声打断了她热情洋溢的讲话。我代母亲把理财顾问送到门口，临走时，她不忘递给我一张名片，她坚信我终会拨通她的电话。我迫不及待地关上了门，其实，我知道不可能就此把她关在门外，作为母亲圈定的"亲友团"成员之一，她和他们会在母亲离开这个世界后的相当一段时间里，若隐若现地存在于我的生活中——母亲认为她将要留给我的是幸福生活的保障，尽管，这不过是一厢情愿。

2011 年 12 月 14 日

又是一个来受苦的

疼痛似乎减轻了一些，或许只是母亲的疼痛耐受力有所提高。这几天，母亲总是在我进到她的房间前就已经开始自己洗漱，也偶尔在我的搀扶下在屋里走一走，长时间的卧床使得她不仅便秘而且浑身酸疼。坚持下地走动，也是为了防止久卧产生褥疮。

前两天甄叔叔发明了一种新的散步方法，让母亲整个人趴在他的身上，他反剪着双手护住母亲的腰，这样既可以让母亲借助别人的支撑缓慢地行走，保护了她的腰肌，达到运动的目的，又不会触碰到她的左侧身体。带状疱疹在母亲身体左侧遗留了大片红斑，即便是最轻微的触碰都会引起她钻心的疼痛。

吃完早餐后，我们俩就用这个姿势在卧室里来回走动，我反手搂着母亲的腰，她也从后面抱住我，整个地趴在我的背上。她很轻，轻得就像是在我身上搭了一件衣服。此时我们是一个整体。天冷，我们穿得都不少，可就算两个身体紧密地贴合在一起，我还是感觉不到她的心跳和身体的热度。我竟一时想不起来，在我的生命中有多少这样亲昵的时刻。我因为不适应母乳喂养，出生第七天就由外婆照看，跟外婆睡在一张床上直到我出嫁那天。刚满月，母亲就回县城医院工作了，那时，医院里没有过多的医生，如果母亲不回去工作，父亲就得把母亲的工作一同承担下来。等到终于可以跟母亲一起生活时，我已经是一个初中生了，她让我觉得好陌生，连初潮的事都不好意思告诉她。

母亲在谈论起我出生的情景时说："只听见护士说，又是一个来受苦的。我心里一凉，就什么都不知道了。"我在母亲的肚子里待到足月又零十天才姗姗临盆，母亲患上了孕妇高血压和癫痫，情况十分危险。所以，我从小就知道，我是母亲用命换来的，结果却是一个"来受苦的"，而不是她和父亲都一直期盼的男孩儿。"又是一个来受苦的"，这句话让我在成长过程中但凡遭遇到任何性征显露的时候，都有种深刻的自责与羞愧，比如月经初潮、乳房发育，我都羞于让母亲或者其他人知道。我甚至不愿意与母亲同床，因为我没能遗传母亲光滑白皙的皮肤，严重的毛囊角化症一直让我觉得自己长了天底下最丑陋的皮肤。母亲总是在抚摸着我的身体时自责地说："如果能置换皮肤，我一定把自己的换给你。"然后，她在我身体上摸索着，用手指甲一点点把角化的毛囊清除掉。她想用这种方法让我的皮肤也变得光滑细腻，其实她很清楚，皮肤是人体中不可逆转的部分。母亲让我知道，我是不完美的，在与母亲相关的记忆里，总是隐约伴随着她的手指甲划过皮肤的疼痛。

后来，我去了北京，每逢我在家的日子，母亲总希望我钻进她的被窝，依偎在她的身边，像别的母女一样窃窃私语——她想知道与我有关的一切，无论生活、工作、同事、朋友和婚姻。我不知道是不是天下的母女都是这样亲昵，但我一次也没有做到，我坚持睡在自己的房间里、躺在自己的床上、有选择地告诉她一些我在北京的生活状况。其实，每次坐上飞机，我都想象着一见面就给她一个大大的拥抱，然后我们手挽手地逛街、看电影、去吃好吃的。然而一打开家门，母亲站在那里，总是目光挑剔地上下打量我：又胖了，衣服搭配不好看，发型不时尚。用不着开口，我就能从她的眼神里读出她心里对我的评判，然后，拥抱变成了淡淡的问候。接下来的流程就是，母亲上街去给我买一些她认为适合我但回到北京我就不会再穿的衣服，有节制地吃一些我想念了很久的家乡美食，她认为我的胃应该留下更多的空间用来消化她为我准备的食物。我承认她做菜的水平一流，但有时我希望挤在满是乡音的并不那么讲究的饭店里品尝那些地道的家乡味，当食物穿过肠胃的时候，萦绕在耳边的那些市井俚语补偿了我对这座城市的思念。

现在，我们离得那么近，我依然感觉不到她的体温，也闻不到她身上那股特别的香味。我们是一对相依为命的母女，我们必须共同面对命运的不测与艰难。背上的母亲和我保持着同样的节奏，一遍一遍地在房间里走动。好多次，我想对母亲说点什么，比如小时候的事，比如某个我们都记忆深刻的瞬间，或者讲个笑话。我已经很长时间没有主动对她说点什么了，即便是现在。

/ 第二章 /

人老了就像一盏油灯

2011 年 12 月 16 日

各种并发症接踵而至

下午，母亲突然提出来想去医院复查。“看看里面到底是什么情况。这是最后一次，以后就随它去了。”她决绝地说，我的心随之颤了一下。

半年多来，母亲总在说：“真后悔当初没有接受手术治疗，开了胸，好的不好的一目了然，切干净了，也就不用受这么多苦。”

坐在北京医院的医生办公室里，面对那个力主手术、苦口婆心的医生，母亲犹豫过、挣扎过，而之前的医院已经完全放弃对她的治疗。我是反对手术的，我听到过太多手术后加速癌细胞扩散的病例，像所有没有任何医学背景的病人家属一样，我们朴素地希望重病的亲人能活得更长一些，但我们更希望他们在所剩不多的日子里，肉体少一些痛苦。

坐在医院对面的一家小饭馆里，母亲机械地往嘴里塞着北京打卤面。北方的日常饮食对于南方人来说，不仅食材单调到不可想象的地步，烹饪也显得粗糙，但此刻，母亲的脑袋里塞满了各种治疗方案、手术方案，已经没有多余的精力去感受嘴里的滋味。

那次，母亲是自己走进医院的。住院的前一天，她还在游泳、跳国标、逛街购物，虽然后背那个痛点已经存在有些日子了，而且频繁的感冒还不时地伴随肺部感染。明显的消瘦和容易疲劳这些症状也应该引起重视，可她用睡眠不好就轻描淡写地解释了。任何接诊过她的医生最初都不相信她是病人，而且已经是肺癌晚期。那位毕业于北京协和医科的中年医生几乎说服了母亲，他语速很快，果断、笃定，走路生风，永远穿衫衣打领带，头发一丝不乱，穿件一尘不染的白大褂。这使母亲在与他第一次见面后就对他充满了信任，母亲说，这才是外科医生的样子。他们之间是医生和病患的关系，但又有同行间的惺惺相惜。在他们眼里，肿瘤就是一个多余的包块，刀起刀落间没有什么是解决不了的。

母亲最终还是放弃了手术方案，她后来解释说："我担心如果下不了手术台，对你们的打击太大、太突然。"另一个替代方案是接受伽玛刀放射治疗，外加药物化疗。"这相当于一次不开胸的胸腔手术。"伽玛刀主任这么说，但这在一定程度上摧毁了母亲原本还算不错的体质——所有的治疗都不可避免地在消灭癌细胞的同时，也附带地杀死了一些健康细胞。而相比之下，癌细胞的生长速度却远快于健康细胞，于是，各种并发症接踵而至。

伽玛刀治疗后的复查结果十分理想：左侧肿瘤病灶已经萎缩。"回家好好调养，三年是一个坎。"临出院时，那位主任说。"三年以后呢？"我仍有些不甘心地追问。"三年以后就不用担心了，该怎么生活就怎么生活。”他列举了几个经过他的治疗痊愈的病例，显然他对母亲的术后康复充满信心。母亲却并不满足，或者说，她希望更快地看到更好的结果。于是，她选择继续化疗，并且先后进行了两次，因为一次术后会诊中其他专家提出，化疗是巩固和强化放射治疗成果的唯一手段，没有更多选择。也许，这种密集的、叠加式的治疗方案深得母亲的心，她希望更彻底也更快速地把癌细胞从她身体里清除掉。我反对这种近乎粗暴的治疗方案，但每次参加专家会诊和讨论，都没有人听我的意见。我发现所有的医生都是完全相同的态度和判断，他们甚至是一伙的，连同现在身份是患者的母亲。终于，母亲开始不断抱怨治疗方案的错误，而我还是不能发表意见。她不仅是母亲，还是医生，对于一个濒临绝境的人，你还忍心去跟她讨论如何正确选择求生方式吗?

我心里想，母亲已经虚弱得连走出卧室都很困难，加之三四摄氏度的气温，这种情况下显然不合适再折腾去医院做检查。任何检查都要消耗体力，而且不可避免地接受大量射线，她的身体已经没有多余的能量承受任何损害。更何况，任何检查结果都已经没有什么意义，这一点她一定比我更清楚，因为痛疼每天都在她的身体里蔓延，而且不断深入。

我试图通过甄叔叔来传达我的意见，这些日子，他扮演着我和母亲之间的信使——即便我与母亲每天朝夕相守。晚饭时，我说了自己的想法，但甄叔叔似乎什么也没有听到，或许，他更愿意达成母亲的愿望。

整个晚上，母亲都只能平卧，身体的情形大不如前。现在，每天都有新的问题出现，新的疼痛点、新的不适，而且原来的问题不仅没有得到解决和控制，反倒更加严重。尽管母亲还在坚持做病程记录——她充当着自己的主治医生，就像她从不轻易放弃一个病人，所以她坚持复检，为了下一步更有针对性的治疗。就这一点来说，我真的对她充满敬意：作为一个医生，母亲表现出对生命极大的尊重；作为一个普通人，她表现出最大的忍耐和坚持。我无法想象，如果是我面临这样的境况会做出怎样的反应——有一点我很清楚，当我们只是旁观者的时候，任何假设都不成立。

我能做的就只剩下陪着她，一起面对。一个健康人是不可能与一个病人“同病相怜”的，哪怕我们是一对相依为命的母女。

2011 年 12 月 18 日

人老了就像一盏油灯

今天，母亲的状况很差，除了早起洗漱，她几乎没下过床。她说，她已经确定了，疼痛是从里面开始的。这就意味着，现在折磨她的是癌性疼痛，而非她一直不太确定的带状疱疹导致的神经性疼痛。她加大了吗啡的剂量，把二十毫克改成三十毫克。

她一直在看电视剧，除了必要的沟通不愿多说一个字。我想把昨晚林木的电话内容转告给她，林木说美国临床投入了一种新研发的治疗癌症的药物，他说："这个消息也许能让咱妈看到希望。"但我早起看到母亲时，还是决定不对她说，她比我们都清楚现在的状况，癌细胞已经开始在左肺四周扩散，包括肋骨、乳腺、淋巴细胞。除了止痛药，她还在坚持每三天注射一次胸腺肽，服用孢子粉、冬虫夏草、石斛，这些药物都有帮助人体增强免疫力的功效，希望因此能让身体减少并发其他疾病的可能。

这些天总会想起外婆晚年时常说的一句话："人老了就像一盏油灯，风一吹就灭了。"

2011 年 12 月 19 日

你不能不重视我

哈维尔死了。金正日也死了。

林木的一个远房亲戚，一个刚刚二十四岁的小姑娘突发脑溢血，死了。

不断有死讯传来，远的、近的、认识的、不认识的。世界就是这样运转的，生生死死、来来往往。

母亲想喝粥，可我做的总是达不到她的标准；母亲想吃烤乳猪肉，买回来，也不是她想念的那个味，她还想要……总之，她最近想吃东西了，可又总是附加一些只可意会不能言传的要求。比如，放一点点盐，我掌握不了“一点点”这个度，结果总是多了；再比如，粥要再稠一点，结果不够稠，加了米，成了牛头饭[①]，再加水又太稀。不管怎样，至少她对生活还有要求，还有活下去的信心，为了这些要求，我们满心欢喜地执行她的所有指令。七点起床，洗漱，换衣服（每天都是不同的款式、颜色、面

① 牛头饭：又软又烂的饭。

料，虽然她只是在病床上偶尔见些熟人），每天的早餐也有不同的要求。

母亲继续叨念复查的事，她甚至还想再次接受放疗。她听说，省内某医院的肿瘤科在采用放疗减轻癌症晚期疼痛方面效果显著，这让她有了新的希望。我找人联系医院，以她现在的状况，没有医院愿意收治，再说，医院的肿瘤科人满为患。

找了所有能找的人，联系医院的事还是没有确切消息，都让我们再等等。我每天都在绝望里挣扎，每天的绝大多数时间里这个房子只有我和她两个人，以及因疼痛而扭曲的脸、衰老颓败的皱纹、皮包骨的身体、没有尽头的绝望。我们已经不知道该跟对方说什么，除了吃饭、喝水、服药、洗漱、疼痛的对话，我们没有新鲜的事可以跟对方分享。

早上实在不想起床，在没有暖气的屋子里，被窝里的温暖足以摧毁我薄弱的意志。况且，我晚上总是睡不踏实，担心睡过七点钟，所以半夜就经常醒，半小时看一次时间，再看时间已经七点半了。果然，母亲在自己穿衣服。

不知道为什么，看见她坐在那儿自己穿衣服的那一刻，我突然胃疼，胃里闷闷的像是有消化不了的东西堆在那儿，一整天都不舒服。中午吃过饭看母亲睡下，想要坐下来处理一些工作，可一打开电脑人就困了。刚进屋躺下来，听见厨房里有声音，急忙起身跑到厨房，见母亲在给自己做粥。“小曲今天的粥没做好，我没吃几口，这会儿饿了。”我垂手站在她身后，不知道该做什么。其实，午饭时她不比平时吃得少，这会儿不是真饿了，她只是想用这个方法告诉我："我是病人，你不能不重视我。"我被困倦控制住，说不出话也动不了。

母亲吃了碗自己做的粥，很满足的样子，重又回卧室睡了。

2011 年 12 月 20 日

我一直在等她说需要我

甄叔叔今天来了。他问起联系医院的事，我希望他做做母亲的工作，检查倒在其次，先注射些人体白蛋白之类的营养药物才是当务之急，每天只吃蛋羹、粥、米线，营养肯定跟不上，眼见着人越来越虚弱。我每天都在担心她突发什么状况。

甄叔叔走了，家里又只剩下我们俩。“只要没有并发症，不会有事的。你不要害怕，我是医生，我清楚现在还没到最后的时刻。”母亲平静地说，她看着我，但我不敢看她，像是做了件错事被发现时的尴尬。“走时的衣服我已经准备好了，放在那个盒子里，不用买新的。”她努了努嘴示意我，那只放在床头柜旁边的塑料盒子一直没动过地方，以前母亲用它来放些不再穿的旧衣服。“到时候，给我穿好衣服，戴上那条淡咖啡色的小丝巾，还有假发，要漂漂亮亮的。”说完，她不再看我，盯着电视里的唱歌比赛，好像很快就忘了刚才说的话，也忘记了我。

我习惯家里什么事都由母亲决定，大到买房子，小到喝什么样的水，她甚至对我们在北京的生活也要参与意见。为此，我们在买了房子，并且完成装修后才把她接到北京，只特意留了一间房间让她按自己的意思布置。从墙纸的颜色、窗帘的款式，到家具的风格，好让她觉得她依然拥有北京这个家的控制权，尽管只是部分的。我总想，现在由着她的性子折腾，由着她发号施令，她终归有老了、折腾不动了的时候，终归会有需要依赖我的时候，我一直在等她说需要我的那一天。显然，母亲不想给我这样的机会，她连这最后的机会都不留给我。

十四岁那年，父亲被推进火化炉的那一瞬，那个黑洞洞的狭长的隧道似的匣子轰然亮起了火光，那一刻，我被身边的一位阿姨猛地揽到了怀里，世界顿时只有黑暗，耳边是母亲撕心裂肺的哭声。现在我终于长到应该把她揽进怀里的年龄，可她不需要我，没有人需要我，也许是我没能在母亲面前掩藏好面对死亡时的惊惧与慌张。

2011 年 12 月 21 日

内心掠过一丝慌乱

显然，昨晚睡得不错，高质量的睡眠能让母亲暂时忘记疼痛，她的表情少有地平和。

母亲在餐桌上跟我们一起吃了午饭，这是我回家后的第一次。席间，我接了个电话，从前的一位同事正式升迁，他一直雄心勃勃地想要做一番事业，如今终于等来了这个大展身手的时机。他在电话里说，希望我能加盟他的团队，之前，我们曾经无数次一起谋划过某个前景，只等着他获得掌握全局的机会。这个消息多少有点让我分心，在北京努力了十年，也许这是个可遇不可求的机会，能让我厚积薄发，也算是对这些年努力的回报。

母亲显然听到了电话内容，她也一定知道我对自己的现状并不甘心。她一反常态，没有追问是谁来的电话，只是继续咸一句淡一句地跟小曲聊着家常。这倒让我内心掠过一丝慌乱——这十年，我和母亲心里都很清楚，我回到她身边只是时间问题，为此母女关系屡屡陷入僵局。母亲用购置的大房子来利诱我，我用消极抵抗来回应，她因此迁怒于林木，因为是这个男人让我有了

“到北京生活”的可能性，他也是唯一一个真正让我脱离开母亲视线的男人。实际上，母亲并不是真的不知道，遗传了她性格中“自作主张”的我，是不可能被一个男人左右的。

吃完饭，陪母亲回到卧室，我在阳台上坐下看她安逸地躺着，阳光穿过白纱窗帘照着我，也照着母亲。说了会儿话，不知道什么时候我睡着了，醒来，整个人暖烘烘的，母亲的呼吸均匀平缓，连氧气瓶咕嘟咕嘟的声音都显得那么轻柔舒缓。我担心走动会吵醒还在熟睡的母亲，她睡着的样子让我感到很踏实。没想到她醒了。“睡着了吗？”母亲问我。

大概是睡眠质量好，也或者是因为天终于放晴，母亲的情绪显然好多了。其实，她不挑剔、不抱怨、不焦躁的时候，是一个美丽、优雅、温柔、体贴的女人。

2011 年 12 月 23 日

对美食存有挂念

我已经是第二次走进母亲的卧室了，在她午睡的一小时里。第一次是我刚刚躺下想要小睡一会儿，突然听到母亲喊我，一声两声，我有些不情愿地起身并大声地应着，但我走到她面前时，她闭着双眼，显然，她一直都在熟睡。再进去，是因为穿堂风把门吹得不停地撞击门框，我去关窗户。这次她醒了。

我问她饿不饿，她午饭吃得极少，所以午饭与晚饭之间要加一次餐。她似乎还没有完全醒来，问我："有什么好吃的呢？"我如果是个看护，给她的照顾算不得最体贴；做女儿也极不称职，不能为久病卧床的母亲不时奉上她最心仪的美食以宽慰她的病体。然而，她还能对美食存有挂念应是我最大的慰藉。通常我只能精心地挑选器皿以掩盖和弥补美味的欠缺，但于事无补。

"想吃小苞谷吗？"这是一种只生长在热带地区的玉米品种，它的嫩甜最为母亲喜爱，母亲睁大了眼睛，目光中分明有渴望的光，很快这光熄灭了。她当然知道，这种几百公里之外才有的物产怎么可能突然摆到面前，很快她猜到了会是谁在此时将这种不可能变成可能，我笑着认可了她的推测。

母亲握着一截小苞谷，仔细地、一行一行顺序地咬着嫩甜软糯的玉米粒，母亲就是这样，连吃东西都要讲究秩序和美感。“我总是不知道想吃什么，摆在面前了，才知道这是想要的。”我心里不免惊慌——我又如何有能力让她每天都吃到不一样的美味呢，而且，她会很快就厌倦这种滋味。即使她现在对小苞谷赞不绝口，表示这是让她连着吃上几顿都不会厌倦的食物，但真到了晚餐时间，她会提出新的要求。苞谷的滋味代替了早餐的大闸蟹，母亲的脸上有了美餐后满足的笑，那晚餐又该用什么来取悦她呢？

就在这个下午，我突然明白，美食仅仅是一种味觉记忆，真正让我们无法释怀的是这种记忆里关于情感的那一部分——附着在食物上的那些情感，经过咀嚼、消化、吸收，用最隐秘的方式储存在我们的身体里，不论身处何方都不会消逝，也无法割舍。两年前，当我们试图让母亲留在北京继续治疗休养，也免去我们的牵挂和两地奔波时，她以不习惯那里的饮食为借口执意要回老家。其实，她无法割舍的是对这里的人和事的情感依赖，而我又何尝不是？

2011 年 12 月 24 日

对生命的怜惜

现在母亲只关心一件事：什么时候能住进医院?

生病以来，她先后住过七家医院。第一家医院在极短的时间里判了她的“死刑”。甄叔叔在电话里说，母亲的肺部发现一个包块，当时的包块不过是医学影像里的一块白斑，但从他的声音中，我听出了担忧与不测，我知道，情况不容乐观。离开她这十年，我一直生活在抛下她独自一人的内疚中，母亲从来不主动表达思念，可我知道，她需要我们，需要那种儿孙绕膝的晚年生活。那次我是在医院门口见到母亲的，其实，我们刚刚分开一个多月，她除了看上去比上次见面更加疲惫和憔悴以外，并没什么特别之处。我们互相打量着，母亲先开口：“甄叔叔给你打电话了？我让他别告诉你们，没什么大问题。”我试图从她身上看出更多的不妥，但一切如常。一个月前，母亲到北京过春节，第二天就受凉感冒了，她每次到北京都会生病，不是感冒就是上火咳嗽。于是，她更加不喜欢北京——太大，太不方便。冬天连点绿色都看不到，吃的也不习惯。母亲总是能找出一堆理由不去北京生活。其实，她最不情愿的是把自己变成小区公园里众多遛弯闲聊跳健身操的老太太中的一员。在老家，她是被许多人认识的妇产科主任，她享受那种被众人需要、通过她的医术让患者从病痛中解脱出来的成就感。在北京期间，感冒一直没好，但她还是坚持按原计划去江苏的舅舅家，冬天的南方有种透骨的阴湿，感冒更难痊愈，直到回了老家。

三天以后，所有的检查，病检、CT、MRI，以及最先进的PET都指向一个结果——肺癌晚期。“以病人的年纪和肺癌IV期并有转移的情况来看，我们不建议手术，治疗也没有什么价值。回家吧，尽量满足她的愿望，吃点好吃的。”我对面的这位医生，年轻得让人一眼就看到他在专业方面的稚嫩，虽然他努力把权威写在脸上，可我看到的只是他的冷漠。五年或者更长的医学院学习，以及数年的临床实践，除了对生命近乎冷酷的理性与漠视，我在他身上没有看到作为一名合格医生最基本的品质——怜惜，对生命的怜惜。他一直极有礼貌地尊称母亲为“老师”，在医生这个行业里，只要是比自己早毕业的同行都算是“老师”，大概也是这个以经验为宝贵资源行业的一种规范，这让母亲颇为受用。我接过他手中病历的时候说了声“谢谢”，心里已经决定把母亲转到北京治疗。我认为，我们不该就此向癌症低头，我们总得做点什么。

母亲大半辈子都是在病房里度过的，但作为病人住进医院还是第一次。她对医院的一切都表现出极度的不适应，从医生的态度、治疗程序、病房环境，加上她总是对她的主治医生明示暗示自己的医学背景，于是她所面临的医患矛盾比其他病人便多了一层。我无力从中调停，不论我站在哪个角度都显得不合时宜，如果以母亲的角度置疑主治医生的治疗方案或者态度，显然不是明智之举，我比别人更清楚，母亲已经被病情挟持，她很难理智地判断或听从别人的意见；站在医生的角度去要求母亲显然也是错误的，因为他们的确有不够周到与不尽职的地方。不停地换医院、换主治医生倒成了一个能让母亲接受的方案，终于，母亲对所有的治疗都失去了信任，她为自己制订了治疗计划，她要创造奇迹，这是确诊以来支撑她活下去的动力。

正在联系的医院属于军队系统，业内对于这家医院的医疗水平向来都颇为诟病，母亲也不例外，然而当务之急是减轻疼痛，她愿意做任何尝试。母亲在医疗系统的那些关系一直都不屑与这家医院打交道，于是，相当一段时间里，我们一筹莫展。最后是林木在北京通过军队里的熟人一层一层地往下找关系，终于有了些眉目，但对方依然让等着。

从昨天起，母亲就开始做住院的准备。起床后，洗漱完毕、穿戴整齐地坐在床上，还特意戴上了假发，所有住院所需的资料都装在一个包里，放在床边，等住院通知一到就立刻出发。今天早上她将昨天的程序又完成了一遍，直到下午，仍然没有等来通知。终于，她把自己给累倒了。这些日子，连在屋里散步的活动也都取消了。每天只吃一个鸡蛋，喝一小碗汤，吃一小碗米线，这些食物的热量远远不能满足一个成年人的体能需要，更何况，她的身体里有两支军队正在作战，它们争相消耗身体中的能量以壮大自己的实力。整个下午，母亲都穿戴整齐地躺在床上，虽然她很清楚，今天已经没有入院的希望了。失望和疲惫让她显得格外焦躁不安，母亲一向雷厉风行，想到什么就要立刻办到，但我们已经尽力了。她不时地问我："还没有消息吗？"或许她只是希望得一个确切的答复，无奈除了等，我们不能做什么。阴郁的天色，更加重了家里凝重的气氛。

手机总是极不配合地发出接收信息的嘀声，每一次都让母亲重新充满期待。今天是圣诞节，朋友从不同的地方发来"节日快乐"的短信，为了不让母亲再抱幻想，我索性把手机关了。

刚过八点，我就困得睁不开眼，把母亲独自留在卧室里看电视，我便回屋睡了。我想，这是我给自己最好的节日礼物——睡个好觉。

2011 年 12 月 26 日

知己知彼，抗争到底

上午十点，终于等来了可以入院的消息。母亲又是六点就起床了，把住院需要的资料、用品又收拾了一遍，不过临走时，还是一片慌乱，水杯、餐具、拖鞋、脸盆、睡衣、纸巾、牙刷、毛巾、热水瓶、梳子、洗洁精、香皂、小零食、抹布……她在任何时间、任何条件下都要维持和家里一样的秩序，在需要的时候可以及时取到东西。我敢肯定，超不过五天，母亲就会吵着出院。

接下来的一整天，从城东横穿到城西，在家与医院之间奔波——我们还是遗漏了这个或那个，比如之前的病检报告、拍的片子。每次住院都会积攒下一堆的检查报告，而任何一份报告都有可能避免重复或多余的检查。我们带着母亲在不同的科室和楼层之间穿梭，一遍遍地脱衣服穿衣服，为了让癌细胞清晰地呈现，不同的射线穿过她的皮肉和骨骼。在没有暖气的房间里，母亲忍受着寒冷、疼痛和疲劳，她只有一个信念——她要清楚地知道，癌细胞究竟攻占了她身体的哪些部位、发展到何种程度，她要知己知彼，她要抗争到底。然而，她对我说：“我只是想知道之前放化疗的效果。”

一旁的小曲说：“我爷爷那样的看起来只能熬着，等死。”我听得出她语气中对命运不公的抱怨，尽管抱怨于事无补。我安慰她：“其实，在这个问题上，折腾与不折腾的结果在时间与效果上并没有本质区别。唯一的区别在于，折腾要付出更大的代价。”她似乎明白地点了点头。

刚回到病房，医院的熟人来电话说，肿瘤科主任正好在，让我立刻去找他。这家医院肿瘤科采用放疗术达到减缓癌性疼痛的技术原本就是母亲坚持住院的理由，只是肿瘤科没有空床位，只好在临时有空床的干部病房住下。其实，我早已经对任何治疗方案都失望了——一年多以来，所有治疗意见几乎一致，除了放化疗没有更多的办法。事实上，母亲对任何形式的化疗都有极敏感的反应，第一疗程就因母亲急剧下降的红细胞，医院下达了病危通知。在改用所谓最先进的口服化疗药物后，出现的不良反应是人面积溃疡，从整个口腔直至食道，乃至胃壁，以致母亲无法正常进食，连喝水都会引起尖锐的疼痛。多年以来，西方医学攻克癌症的努力，似乎只在诊断的技术手段上取得了大的发展，但还是没有真正的解决之道，即便是靶向治疗也被证实其存活期和治愈率也并没有显著的提高。

听到这一消息，母亲坚持要亲自去见这位主任，尽管今天的运动量已经远远超过她的承受能力。这些天，她越来越强烈地怀疑之前所有的治疗都是错误的，而且这些错误导致了病情被延误。她的这种怀疑没有得到我和甄叔叔的认同，于是她希望她的观点有一个真正权威的人来加以证实，以便得到最及时的修正。

我拗不过她，于是找来一辆轮椅，推着她在医院庞杂无章的楼群里转了好一阵，终于找到肿瘤科所在的病区，但楼里的电梯正在维修暂停使用。我犹豫着是把母亲推回病房我自己去见主任，还是先把足有两斤重的病历资料送上五楼后，再回来把母亲背上五楼，我没有信心把她和病历同时搬上去。转眼看母亲已经开始扶着楼梯往上爬了，就这样，我们三步一歇五步一停地上到了五楼。

谢天谢地，这位有着军人体魄的主任没有否定之前的治疗方案。对于他边等一个重要电话边听我们陈述病情的样子，我多少有点失望。他提出的治疗方案仍然是放疗加化疗，他甚至都不想等最新的检查结果出来就明确提出了他的方案，似乎我们整个上午的检查都没有什么意义。出乎意料的是，母亲竟然没有表示任何不满和抱怨。

回到病房，新请的护工已经上岗，把母亲托付给她，我独自回家。推开门，黄昏时分的家里，所有的东西都沉默着没有一点声响，连墙边那些花草也静默得像是失去了生命。站在四顾无人的家里，委屈、绝望、孤独、疲惫突然没过头顶，继而，我听到自己的哭声在空荡的房间里回响，我终于放声大哭了一场。

/ 第三章 /

只能彼此守望，而非朝夕相伴

2011 年 12 月 27 日

对世界总是缺乏信任

“我后天出院！”我迷迷糊糊地接了电话，那一头是母亲的声音，略有些沙哑的声音里满是委屈和决绝。昨天的劳累终于把她打垮了，夜里开始高烧，幸好在医院，体温得到及时控制，否则发展成肺炎，将危及生命。

我知道，母亲用不了几天就得吵着回家。母亲任何时候都不能容忍混乱和不洁，就像她不能容忍别人不把她当医生一样地信任和尊敬。小曲照例上午来家里打扫卫生，顺便做一顿饭，以维持家里的卫生和秩序。她听到母亲要出院的消息，吃惊地说：“这不是好不容易才住进去的吗？”她朴素地认为，医院是患者所有的希望所在，能住进医院便离希望更近了一步，况且我们费尽了周折。“只要她高兴，就按她的想法办呗。”我说。

因为托了关系，所以科室特意把母亲安排进了一个两人间，而且只住母亲一个病人。只是房间稍大，空调的暖气已经开到最大也不能让房间温暖如春，再加上护士、医生、护工、维修工走马灯似的进进出出，门开合之间不断有冷风穿堂而过。母亲把自己埋在一堆棉絮里，墙、被单、帽子的惨白反衬着她因为发热而潮红的脸，那一点生命的红色显得那么虚弱。比这一点红色更加虚弱的还有她眼神里对生活的谅解。

病房里的护工像是换了，昨天刚进病房就有一位大妈像见了亲人似的迎上来嘘寒问暖。现在大妈换成了大姐，我进门时，见她旁观似的坐在病床对面的椅子上，见了我只是一味憨憨地笑，说话口音重得令人难以明白她的意思。母亲允她去吃午饭，说反正我一时也不会走，她便爽快地走了。

给母亲带去早上新做的肉汤，烧了一夜，她也没什么胃口，喝了几勺就罢了。多休息才会恢复体力，可母亲竟滔滔不绝地复述起昨夜发烧的景况，言语间不免有对我的责难，怪我不该把她交给一个陌生的护工。然而，她忘了，是她不准许我把家门钥匙交给小曲，又希望这些天依然能吃到家里做的饭菜——医院的病号饭也的确难以下咽。家里仅我一个人可以脱身，自然无法顾及周全。

我知道，母亲不过是想时时都能见到我，虚弱到一定程度的人对世界总是缺乏信任，时时假想自己正处于困境甚至危险中，只有至亲的人陪伴才会让他们觉得心安。于是，我不争辩，把话题转到护工那里："怎么一夜之间就换了个人？"大妈从我们进病房就寸步不离，甚至没有问过我们是否需要陪护，热情周到地陪着我们楼上楼下地做检查，她像熟悉自己家一样熟悉医院的每一个科室、每一道检查程序。说实话，如果没有她，我们不知道要多走多少回头路，母亲也得加倍付出体力。这位能说会道、娴熟干练的大妈自然赢得了母亲的好感，看着她把自己做的喷香的米饭端到母亲面前，两人分享着各式小菜的样子，我还以为，这次终于遇到了一位令母亲称心如意的护工。结果，半夜烧得口干舌燥的母亲要求喝口热水时，发现大妈换成了大姐。这位大姐显然刚从农村出来，粗手笨脚，面对病床上的患者完全不得要领。从此，大妈没再露过面。母亲从护士那里隐约打听到，大妈其实是这里的护工头。她几乎垄断了这个科室的病患资源，护工的工作由她来分配，然后她从中抽取提成。她对母亲最初的殷情周到自然不是她所说的缘分，不过是为了赢得病患信任的手段。这个连自己的名字都不会写的农村妇女，靠着她对病人那点廉价的虚假同情竟也立于不败之地。

母亲的讲述声情并茂，观察也是入木三分。小时候，我最兴奋的事就是母亲出差回来，她总能给我带回来好吃的或者好玩的，还有就是她会给我们讲遇到的各种有趣的人，我和父亲都会听得入迷。在那个没有电视机的年代，这几乎成了我们家的一项娱乐活动。渐渐地我发现，她的叙述除了某个人的身世遭遇之外，还夹杂了太多的道德评判。这个世界本来没有公平可言，人与人的差别在于他们不同的际遇，偶然的出生、先天的条件、成长的环境造就了完全不一样的人生，我们原本就没有站在同一起跑线上，自然谈不上什么高低优劣。

母亲自然是被这种表面的热情与周到瞒骗了，她甚至理所当然地认为，以她的地位、年龄、与人为善的处世态度就应该赢得所有人的爱。所以，她与护工之间的合同关系一旦成立，对方旋即消失的热情与体贴便深深地伤害了她。从不示弱的母亲为了赢回热情与周到，便用加薪的方式讨好新的护工，然而，新护工不明就里，以为多出来的钱就是她分内的，并没有因此付出更多的努力。母亲再次受到伤害。

上一次住院，熟人把他们科室最能干的护工带到母亲床前，希望母亲身边没有人的时候她能帮着做些端茶倒水的事，护工因为之前得过熟人的恩惠，于是想用这个机会加倍报答。结果，母亲被对方的热情弄得大惑不解，以为她不过是想得到作为陪护的工作，便以金钱回报。护工看着母亲递过去的两百块钱，说了声谢谢，便再也没有出现在母亲的病房。“她不是家里困难吗？”母亲无比困惑地问。熟人听了只是摇头，不再吩咐别的人对母亲多加关照。

听外公说，我们原本是江西的一户书香人家，抗日战争爆发后，他带着全家人一路朝西，历经战火、土匪、饥荒、车祸，在途中生下了没有足月的母亲。战争结束后，终于安顿下来，一家人靠着做糖果、炒豆这类小生意维持生活。母亲和她这个年纪的人一样，一辈子都活在少年缺衣少食的恐惧里，贫穷的记忆让她日后对财富有种近乎偏执的占有，而对比她贫穷的人则表现出过度的慷慨，结果往往是伤害了对方的自尊，她却浑然不觉。

2011 年 12 月 28 日

只能彼此守望，而非朝夕相伴

年底了，医院开始做各种财务结算，于是通知我们提前结账。我回到病房，甄叔叔已经到了，正在把梨切成小块小块地喂给母亲。刚才母亲还在念叨，昨天甄叔叔来看她，因为甄叔叔耳背，母亲不得不把每句话都大声重复好几次，大声说话时牵动胸部肌群引发疼痛，于是母亲嫌累便撵他走。上午没有按时接到甄叔叔的固定问候电话，母亲以为是自己昨天态度太坏，他在赌气。母亲对甄叔叔的坏脾气我是见过的，其实也就是久病之人惯常的宣泄，否则被世界隔绝了的他们，又如何消解这满心的失落和恐惧?

终归，他们相识了半个世纪，在对方的心里都已经是无法分割的家人。听着两个老人一问一答却又答非所问的聊天，午后阳光斜照在他们脸上，暖阳中，这个下午平静、柔和、安详。

有一段时间，甄叔叔是我和外公外婆家里的常客。那时，我只知道他是父母大学时代的同学。我喜欢这位高高大大、总是笑呵呵的叔叔，每次他来都会给我带好吃的糖、糕点或者水果，偶尔他还会带他的一双儿女来，这样便有弟弟妹妹陪我玩一个下午，外婆也总要特意做一些菜留他们吃饭。他给外公外婆量血压、把脉，也问问我的功课。我印象最深的还是他的光头，他像外公一样没有头发，他俩的脑袋在我们小小的、光线幽暗的家里亮亮地晃动着，这是我童年最深刻的记忆之一。我当时困惑地想，外公没有头发是因为老了，甄叔叔为什么也没有头发？每次我趴在外公的背上摸他又亮又光的头时总问这个问题，外公不厌其烦地回答："列宁也是秃头。"这个回答让我很满意，从此不再纠缠。长大以后才知道，甄叔叔的谢顶是受了与母亲分手的打击，短短半年，一头茂盛的黑发掉得只剩下头顶周围稀松的一圈。

母亲调回省城工作后，我就很少见到甄叔叔了。母亲很快代替了他在我们生活中的位置，与母亲重新朝夕相处的日子里，我几乎忘记了这位光头叔叔。我到北京不久，母亲重新谈论起他，开始只是些同学聚会、唱歌、跳舞、郊游的细节，后来，连同旁人的只言片语，我知道了一些他们的故事，最要紧的是，他似乎重新回到了母亲的生活中。父亲去世后，母亲一直没有再婚，以她的风韵始终都有人牵线搭桥或者鸿雁传情，有位高权重的官员，有学识渊博的教授，有温文尔雅的、风趣幽默的、居家体贴的，有主动进攻的、委婉告白的……以至于老派的外公固执地让舅舅把他和外婆送回到我们身边，拒绝让儿子为他养老送终。一方面，"寡妇门前是非多"，他和外婆要以风烛之躯来保护女儿的清誉；另一方面，外公想亲自督促女儿尽快再婚，以阻止可能的是非困扰。起初，母亲借口我正值青春期，如果再婚关系处理不好会影响我的成长；我稍大，母亲借口我太叛逆，学业、工作、恋爱都没能遂她的愿，不似别人的女儿总是给母亲的人生锦上添花，唯恐一个旁人进入我们的生活见证了她对我教育的失败，这是她所不能承受的人生失败。那段时间里，我们一边对抗，一边相亲相爱。后来，外公外婆相继去世，我也到北京生活，有了自己的家庭，而母亲依然独自生活。我心里始终自责，觉得我终究是拖累了母亲。

那年夏天，我特地请假回家，为了要甄叔叔的一个明确态度。

那是一次推心置腹的谈话，整个下午，茶馆里只有我们两个人，一老一少、一男一女，我们谈论一个我们都深爱的女人。说到动情处，我们都流了泪。此后，我不再冒冒失失地质问一个年过花甲的老人为什么不能勇敢地面对这份他在内心守候了半个世纪的爱情，也不再建议母亲接受任何新的感情，尽管我知道，在剩下的人生里，他们也许只能彼此守望，而不是朝夕相伴。

“她现在心里烦躁，我们要多容忍。”甄叔叔已经退休，但依然有不同的医院请他去会诊、坐诊，一上午接诊二三十个患者的工作量，让他说话说得口干舌燥，吃过饭，稍稍休息后他又精神抖擞地坐到母亲的病床前。母亲总嫌他无趣，从年轻时候就是这样，除了对母亲说“年轻人应该努力学习、要求进步”便不会说点让对方小鹿乱撞的情话。于是，人来了，削水果、端水、喂饭、把脉，但就是说不了几句话。有时，我看母亲是赌气地闭着眼不理他，他就只是坐在那里看着，我猜不透，他在这张看了五十年的脸上究竟看到了什么，还总是相看不厌的样子。对母亲的坏脾气、没来由的抱怨、突如其来的无理取闹，他总不生气，离开，第二天又准时出现。

我私下里问他："除了漂亮，我妈还有什么地方吸引你？"甄叔叔不假思索地说："就是喜欢，没有什么理由。"想了想又说："她从来都很有主见。"我知道，甄叔叔这一辈子也没有在一件事情上说服过她，除了在母亲的叙述中，甄叔叔是利用团委书记的身份占有了她的感情。五年的恋人关系里，他们甚至没有拉过手，但他却让所有人都认为这个女孩已经是他的人了。

黑白照片上的母亲，双眸明亮、顾盼生辉，薄薄的上唇被厚实的下唇托起，嘴角倔强地往上挑着，略显国字形的脸颊被婴儿肥巧妙地化解了棱角，这让她的脸到年老时依然显得饱满而不干瘪。古典的削肩细腰，配着两根长及腰际、乌黑的大辫子，让多少少年的心为之荡漾。"我这一辈子最大的错误就是结婚，比结婚更大的错误就是生孩子。"她的偶像林巧稚就独身了一辈子，只可惜，十年乡村医生的经历让她在专业的起点上就落在了同辈人的后面，最终，她只能成为一个优秀的全科医生，这是事业上的失败。她曾把生活的重心全都放在父亲的身上，希望用她生活中的贤淑和事业上的牺牲成就一名优秀的外科医生，可惜父亲英年早逝。后来，她又把希望寄托在我的身上，可惜我人生的每一步都没有按她的计划执行。

甄叔叔坚持要陪我吃完晚饭再走，母亲叮嘱一定不要去吃米线，因为那是甄叔叔最不喜欢的。在医院附近的一家小馆坐下，这里只供应米线，我说母亲知道了一定要责备我，甄叔叔笑着说：“我们就不会不告诉她吗？”饭后回到病房，母亲自然能猜到我们并没有执行她的指令，所以坚持让甄叔叔把我带去的牛肉汤喝掉，甄叔叔显然吃不下了，母亲便沉下脸来。最后又是甄叔叔妥协，喝下那碗汤后只能直挺着身体弯不得腰，直到离开病房。母亲这才满意地笑了。

2011 年 12 月 29 日

与谁相处都不能失了礼数

今天天空万里无云、阳光明媚，反而衬得我心情越发低落。打开电脑，看不进也写不出，同事们都已经上线，想象着他们正埋首于自己的工作，这种时候办公室里会出奇地安静。幸好，他们看不到我的表情，倒好像是我就坐在他们中间的样子。

昨天离开病房的时候，母亲特别交代今天不用去医院，因为明天她就要出院。她看上去有些兴奋，好像离家很久的样子。小曲刚到一会儿，母亲的电话就来了，一二三地列举了我今天必须去医院的种种理由，最后还不忘补充一句“你早点来啊”。本来想给自己放一天的假，拿本书到院子里晒太阳念书，这是冬天有太阳的日子里最享受的事情。

放下电话，我和小曲手忙脚乱地准备午饭，然后狼吞虎咽地吃完，刚把母亲的那份装进保温饭盒里，又接到母亲的电话，说是已经吃过了。“你还是要早点来啊。”好像我会因此消失了似的。

低烧了几天，母亲还是有些虚弱，她的声音在空空的病房里飘浮着。见到我，她又把电话里的一二三重复了一遍，还补充了更多的细节，无非是早上起来她告诉护工正在办出院，表示感谢之类的话。母亲一贯重视人与人之间关系的周全，不论与谁相处都不能失了礼数。每次出院都跟病友们依依惜别，有时还弄得特有仪式感，都是癌症患者，个个脸上绷着积极乐观，可心里难免做生死离别状。这次没有病友，护工便成了她唯一可以惜别的对象。可惜这位刚进城打工不久的大姐完全不解风情，照母亲的旨意出去买了一包苏打饼干、倒了一杯热水后，大半天就不见踪影。或许是张罗她的下一位“客户”去了，也可以理解，一般住进来的人不会短于十天半个月，四五天就宣布出院的极少见，对于拿计时工资、常年以病房为家的护工来说，如果不马上找到下一份工作，晚上可能连睡觉的地方都没有了。

躺在床上的母亲绘声绘色地还原着她俩之前的对话，形象生动之余，不免有点刻薄，还没等我接话，那护工头推门进来了。母亲一脸笑意迎了上去客气地问，下一个要照顾的病人是几床，男的还是女的，病情重还是略轻。她像是忘了刚才还气呼呼地说：“今天就不该算她的工作量，听说我要出院了，就把我扔下不管。”其实母亲知道我是个凡事都“差不多”的人，总不愿与人争个子丑寅卯的，为这个母亲总埋怨我不够泼辣，担心我在外面吃了亏也不知道斗争。当然，我还是把今天的陪护费付给了护工头——那位仅露过一次面的大妈，只是希望大姐还能站好最后一班岗，过去的既往不咎。大妈一副虚心听取的样子，然后，端来一个装了几样咸菜的小碗，对我们做最后的糖衣炮弹式拉拢。虽然母亲曾经因为她的这些小咸菜而胃口大开，但这次我没有接受她的赠予，保持必要的清高才能让母亲觉得我们不致太跌份儿。

正在跟护工头纠缠不清时，母亲的主治医生拿着止痛针剂的说明书来了。据说，这种针剂的止痛效果很好，每注射一针可以维持一周左右不再疼痛。因为一剂的价格高达数百元，而且是自费药，所以得征求家属意见。其实，母亲已经同意注射，现在的主要矛盾就是减轻她的疼痛，为此我们愿意不惜一切代价，可母亲希望由我像个决策者似的宣布这个决定，至少在外人看起来是这样的——其实母亲是害怕自己在外人眼里像个没有家人的“孤寡老人”。

母亲催我来医院的最后一个理由是希望在出院前办妥全部的手续，以便她出院后能心无挂碍。结果，正值年终，医院财务已经封账，剩下的手续只能过完新年再来办理。“这是什么奇怪的规定？”母亲充满疑惑地问我，我摇头，实在不知道该如何回答她这个同样奇怪的问题。

2011 年 12 月 30 日

只有我俩最亲了

我是被电话声叫醒的。“她给我买了点吃的，放下就不知道去哪儿了。”昨天才特别交代护工大姐，母亲今天下午出院，请她务必在我到医院之前，不要离开病房，显然，我的一番努力白费了。能怎么办呢……电话里，母亲的声音像是被遗弃的孩子，委屈、伤心、孤单、楚楚可怜，我以最快的速度起床、洗漱，连水都顾不上喝，就冲到楼下拦了一辆出租车。

路上车来车往、张灯结彩，空气中弥漫着过年的喜气和兴高采烈。出租车司机一直黑着一张脸，狠狠地盯着道路，路上越来越堵，好像所有的人都跑到大街上、商场里，他们赶着在这一年的最后一天里把喜欢的东西都买回家用来犒劳辛苦了一年的自己，或者只是想到街上来与陌生人一起感受过年的气氛。

其实，护工没有走远，隔壁新住进来一位偏瘫病人。“照顾那样的病人虽然辛苦些，但肯定比照顾我挣得多。”母亲愤愤地说，“你让护士赶紧来给我打点滴，否则下午三点根本走不了。”母亲提前几天就约好了来接她出院的人，因为是外人，她觉得不能让别人为她付出过多的时间。在她的生命原则里，“委屈自己”是一种高尚的美德，尽管有时候委屈了她自己并没有成全别人，而她会为此黯然神伤。我到底是没有用的，装模作样地去护士站转了一圈，看到写着母亲床号和名字的注射瓶，无论如何也不敢向进进出出的护士小姐提出我的要求，实际上是母亲的要求。我换位思考的结果是，她们断不会给予特殊照顾的：一则每天早上是护士最忙的时候，忙中原本就容易出错；再则，这个要求实在也没有什么过硬的理由。回到病房，只能谎称护士还在配药。不到十分钟，母亲再次吩咐我去请求为她提前打点滴。我照例去护士站转了一圈，低着头回到病房，母亲大概猜到了结果，又数落我不如某某某能干，如果某某某在这种事早已办妥，甚至都不用母亲开口，云云。我任由母亲发表不满，只要她不再要求我去申请这种不可能的照顾就成。

突然，母亲捂着左胸口，表情痛苦地呻吟起来，这些天疼痛明显比在家里的日子更厉害，她在床上不停地变换姿势，试图找到一个能让自己舒服一些的姿势。“回家就向你交代后事，我不治了，我要自行了断！”疼痛丝毫没有削弱她态度中的决绝，我有点被吓到了，因为一切来得那么突然，而且那么剧烈，虽然我无法感同身受，但她的表情已经充分说明了一切。“让他们来给我注射止痛针啊。”母亲从牙缝里挤出了这句话，这次我照办了。回到病房，她让我给她取来吗啡片，病人私自带药是违反医院规定的，她却从来不遵守，的确，疼痛足以令人冲破任何的底线和禁忌，因为它在挑战肉体的承受力。主治医生开具医嘱，由护士送到药房，药房配送，再由护士核对医嘱、床号、病人姓名，一切正确无误后，消毒、抽针水、走到病房，当这一系列动作由不同的人完成之后，举着针筒的护士还要再一次向病人核对姓名、床号。这时已经过了半个多小时，吗啡的药效已经开始起作用，痛感已然减轻。母亲这次终于爆发了，她坚决不让护士给她注射这剂价值几百元的针水，尽管这支价格不菲的止痛针因此被浪费，僵持了几分钟，护士只好无奈地走了。

好不容易盼来了打点滴的护士，母亲又开始要求调整针水注射的先后顺序，因为她坚持认为有些针剂并不是必须的，为了保证在下午三点前结束输液，她宁肯牺牲掉一些药水。结果护士交班时完全忘了这个特殊的要求，或者她们就没有把她的要求放在心上。于是，我又去找人交涉，无果。

接母亲出院的人果然准时到了，但输液至少还要两个小时左右才能结束，这次母亲要求拔针。我找来的小护士显然是刚工作不久的新人，对母亲晓之以理动之以情地劝说，来人也在一旁表示可以等。我知道，没有人能阻止母亲的决定，最终还是要按她的指示照办。

回到家里，母亲终于平静下来。吃过晚饭，我想她也累了，我正好利用这段时间处理一些工作。这些天在医院和家之间穿梭，基本没有跟同事做过沟通，知道他们一定有应付不来的地方，但因为体谅我，几乎没有给我打过电话。我转身想走的时候，母亲伸手拉住我，脸上温和体贴的表情让我不太适应。

“这世上，只有我俩最亲了。”这个开场白为接下来的谈话定下了临终嘱咐的调子。我知道这一天终归会来的——母亲终于开始交代后事了，其实她已经向甄叔叔交代过。她首先回顾了自己坎坷的一生，然后做了诚恳的自我检讨，承认在我的成长过程中她有种种的过失，并希望我能给予原谅。她一直掌握着话语的主动权，没有给我任何插话的机会，其实此刻我也真的不知道该说点什么。“妈妈，我爱你。”“妈妈，一切都会好起来的。”“妈妈，你是我最亲的人，我需要你。”这些话我在心里温习了好几遍，还是没能说出口，因为它们太像肥皂剧里的台词。

“该吃药了，今天一定累了，早点睡吧。”这是我离开她房间前说的唯一一句话。

我看见父亲吐出来一口血，那血鲜红鲜红的，在雪白的医用弯盘里带着父亲的体温慢慢地洇晕开来，然后他的脑袋、胳膊、双腿失去了支撑，软弱地摊在床上。站在一旁的母亲猛地扑了过去，她伏在父亲的身上，眼泪哗哗地流，她喊着父亲的名字，用双手捧起父亲的脸，像是想要留住他最后的体温，不让他就这样在我们眼前慢慢地冷却。“去找李阿姨。快去啊！”母亲大声地冲我吼叫，声音里尽是悲伤和绝望。那天是五一劳动节，病房里只有一两个年轻的值班医生，母亲命令我去找的阿姨是本院的医生，也是父母的同学。我飞快地向她家奔去，我隐约知道，母亲是想请她来挽留住父亲，虽然从母亲的表情里我已经意识到，父亲死了——那个年龄的我完全不明白，死亡究竟意味着什么——这是我们用了十八个月试图改变的结果。

我一路奔跑、敲门、转达母亲的意思，然后再跟着阿姨回到病房。我没有哭，我忘记了哭，一切太突然，我来不及悲伤，我害怕我的悲伤会耽误抢救父亲的时间，然而，等我们回到病房的时候，他们正在把父亲推出病房。父亲被一块白色的床单盖着，床单的正中间有一圈红色的字，是这家医院的名字——这是父亲大学毕业后的第一个工作单位，父亲原本会重新回到这里工作，原本我们三口之家可以不再分开，原本我会像其他同龄人一样跟父母生活在一起。那年，我真切地与死亡相遇，但我还是用了相当长的时间才弄明白死亡意味着什么。

“你不难过，我很高兴，也感到安慰，说明你很坚强。”我从母亲的眼神里读到了失望和明眼人都看得出来的言不由衷，我想告诉她：“你不能只相信你眼睛看到的，因为它不一定是全部的真相。”

当至亲的人离开了你，可怕的不是他肉体的消失，而是他一直在那儿——在你心里，但你再也不能感受他的感受，再也不能分享幸福与不幸、快乐与悲伤。

我看着她咽下今天最后一颗药，祈望药片能尽快把她带到没有疼痛的梦乡。

2011 年 12 月 31 日

天下最完美的爱情

在今年最后一天的晨光中醒来，照例先去母亲的卧室。她还没有醒，这几乎是个例外，我站在床前轻轻地喊了两声，母亲睁开眼，看我的眼神有些迷糊，我赶快说："还早，再睡一会儿。"睡梦能让她忘掉一切——垂危的病体、疼痛和那些尘世的纠缠与烦恼。

我抓紧时间上网，发现已经有好几条留言：有询问近状的、约稿的、谈工作的。互联网让我在千里之外，还能生活在原来的轨道上。我难得地能用一整个上午处理工作。为了赶新项目的进度，这些天全公司的人都在加班加点，连前台也被抽调到我们部门帮着做些工作。我心里有些歉意，觉得自己像是个隔岸观火的人。

中间，给母亲做了两次吃的，每次她都吃得极少。空腹服用吗啡类药物对胃有极大的损伤，所以无论如何都要勉强吃些东西。她显然对治疗完全失望了，每天都在抱怨，觉得一直以来，对于她的病都缺乏系统的治疗，而所有采用的治疗手段又都严重地损伤了她的肌体器官（其实这并非事实，除了伽玛刀的治疗让原发病灶的左肺整体萎缩之外，别的地方并没有受到损伤）。束手无策的医生们成了她抱怨的对象——无能、不尽责、轻言放弃、无视病人的痛苦。她可能忘了，她作为医生面对病患的时候，也曾经束手无策，也曾经有过放弃的时候，因为那时她能清醒地意识到现代医学的局限性，但作为一个病入膏肓的人，无时无刻不在面对癌细胞肆无忌惮的侵蚀，她比任何时候都看得透——人类的无能和软弱。

我在工作与母亲之间穿梭：一边是工作，互联网的新浪潮、改变旅游行为的新概念、历史人文在旅游过程中的渗透、准确便携智能的用户体验；另一边是母亲的疼痛，像身体被撕裂一样的疼，令人心生绝望的疼。面对工作我得心应手、游刃有余，虽然有冲突、矛盾、不满，但身在其中，让我觉得参与到现实生活中，有一个属于我的位置，有让我感到被认可被肯定被重视的存在感。然而，回到母亲的世界里，对她来说不断在重复着的关于疼痛的感受永远都是新鲜的、必须的，她需要我的感同身受式的安慰，渴望被我重视，尽管任何形式的安慰都无法真正减轻她的疼痛。

我尽量减少进入她房间的次数，她说话时声带的振动都可能引起肋间神经的疼痛，但只要看到我，她就要说话。她或许只是想让我更充分地理解她的疼痛，抑或是通过表达来分散对疼痛的注意。可她不知道的是，她的任何一次关于疼痛的表达都只会把我从她身边推开，离她更远，因为这种表达每一次都在加强我内心对她的歉疚和对现在局面的无力感。我无法感同身受，我无法代她疼痛，我无法逆转她身体正在衰亡的事实，我甚至无法向她表达我每时每刻的虚无感，以及对自己的不满和失望。我比母亲对自己更加失望——我始终没有给这个人她渴望的：一个可爱的外孙、一个令她满意的女婿、一个其乐融融和睦快乐的家；或者带着她去周游世界、品尝美食、体验所有新鲜浪漫的异国情调；再或者，让她觉得此生因为我而感到生命的圆满；也或许，因为我的存在，让疼痛化为无形，而不是任由她自己与疼痛纠缠、撕扯、抗争，而我只是旁观。

“我不求别的，只要不再让我疼，安安静静地待一天就足够了。”母亲绝望地、近乎哀求地说，但我们都不知道，她该去向谁哀求。

杨宏毅来的时候，已经临近傍晚。因为怕光，母亲要求把卧室的窗帘拉上，突然从外面进来的人一时间很难适应从炫目的明媚到死寂的幽暗的转变。他是从七百公里以外的县城赶来的，前不久，母亲向他要一些吗啡片剂，在省一级的医院里，就算有特需证明，每次也只能由主任级医生开出三片麻醉类止痛药片，不过在母亲曾经工作过的县医院里就没有这么严格的规定。以杨宏毅在那里的级别和权威，他能有更大一些的权限，这次他是来送药和探病的。

四十多年前，刚刚大学毕业不久的父母响应“把医疗卫生的重点放到农村去”的最高指示，离开了医学院附属医院的病房，带着青春的无畏与爱情的甜蜜到了离省城七百多公里的县城，那时他们第一次听说这个地名。“那里的茶叶和野生菌都很有名，以后你就经常有好茶喝了。”母亲这样安慰喜欢喝茶和饮酒的外公，有爱人陪着的她一定觉得哪里都是世外桃源、良辰美景。举行完简单婚礼的父母在外公外婆无限的担忧中，在老师和同学对于他们这种置美好前景于不顾的行为百思不得其解的疑惑中，踏上了他们人生中最重要的一段旅程。没有人知道他们将面临怎样的生活环境，除了出产著名的茶叶和上等的野生菌；没有人预想到他们将展开怎样的人生际遇，在那个缺医少药的县城医院，一台已经被公认为常规成熟的手术，都可能是一个新的开端，且身边没有老师没有权威没有良好的手术环境。

“那时候，我们心里只想说，在哪里都是当医生，更何况，那里真的需要我们这样的医生。”母亲回忆起这个改变了我们这个家庭命运的决定时这样对我说，“而且，离开了，我就不用再去同时面对你爸和甄叔叔，分手这件事我心里一直对他存有愧疚。那时，我们三人在同一家医院，虽然是三个不同的科室，但总归是抬头不见低头见。”一个只享受过瞩目与宠爱的少女在那个只讲革命的年代，当然不知道该如何处理这种令她尴尬的局面。母亲回忆说，很多个夜晚，父亲牵着她的手，从医院大门出来，母亲都能看到门口大树后面晃动着的人影，她当然知道那是谁。她不敢对牵她手的这个人说，她更不敢跑过去跟树后面的那个人说“你别等了，我已经属于别人了”。她只是把头低得更低，好像看不到脑袋的身体就能隐藏起所有的事实。父亲从来都是坦然而笃定地往前走，偶尔还说着让母亲忍俊不禁的笑话，这个因为营养不良而显得瘦高羸弱的男人用他的聪明、刻苦、好学，其实我认为关键还在于——他吹拉弹唱的本领和幽默风趣的情调，彻底征服了母亲。而且，他更懂得如何不失时机地把心爱的女孩变为自己的女人，让她连试图逃离的念头都不敢有。

小的时候，我无数次在母亲与旁人的谈话中，听到她对父亲那种发自内心的热爱、仰慕、欣赏，在我的眼中，那是天下最完美的爱情，虽然没有王子也没有公主，更没有水晶鞋。为了让父亲能顺利地拿到医学院毕业证，外婆不得不提前终止街道分配给她的工作，用不长的工龄换成钱帮父亲交清在学校欠下的伙食费。其实，外婆并不看好这个看上去弱不禁风的年轻人，站在一个长辈的立场，她对他的健康和日后在家庭中可能承担起的体力劳动表示担忧。就像没有人能阻止母亲要去当一名乡村医生的决心一样，也没有人能阻止她成为这个年轻人的妻子。外公外婆也因此背负着对甄叔叔的歉疚，他们实在看不出，他怎么就不值得女儿去托付终身。

情况并不像他们想象的那样顺利。坐了四天的长途汽车，来到只有一条马路的县城，卫生局给了他们一纸通知，对于这些来自省城医院刚刚毕业的大学生，需要最基层的锻炼。于是，他们带着行李，又坐了一天的马车到达了乡卫生所，开始他们赤脚医生的生涯。在他们来之前，这个卫生所里只有一个能给家畜治病的兽医。两年后，他们才正式成为县医院的大夫。在这两年期间，母亲因为翻山越岭去给一个难产的农妇做剖腹产，在回家的路上流血不止，从此失去了她的第一个孩子——一个四个月大的男婴。对于一辈子都希望有个男孩的父亲来说，这并不是一个不得了的打击，他乐观地认为他们还年轻，以后还会有的。但母亲当时的状况父亲解决不了，也没有条件解决，只好连夜跋山涉水到地区医院。父亲背着依然出血不止的母亲上路，蹚河水、走山路，在公路边等待愿意让他们搭顺风车的好心司机，在无数次被拒之后，父亲咬着牙说："老子一定要生个儿子，长大让他当司机。"他绵柔的四川口音消解了这发誓赌咒中的狠劲儿。

当他们终于可以回到县城工作时，除了临床实践，他们还办起了医疗短训班，杨宏毅便是短训班的第一批学员，也是父亲最得意的学生。当父亲离开县医院后，他接过老师的衣钵成为了远近闻名的外科第一把刀。有一年，他希望自己在神经外科方面有更高的成就，到北京联系进修事宜，我们陪着他到过三四家医院，人家在看完他的学历证明后，十分不屑而且带着鄙夷的表情说："我们只接受研究生以上学历的进修申请。"杨宏毅并没有我想象中的沮丧。"我还回去开我的刀，病人需要我。"他或许是从父亲身上看到作为一名医生如何才能得到病人的尊敬和爱戴，除了医术，最重要的品质就是仁心。

父亲被葬回县城这些年，他是每年清明必去祭扫的人之一。

他还像从前一样沉默少言，喊了声老师，问了问现在的病情，剩下的时间都沉默着。临走前，他掏出几盒吗啡片，这是他花了三四个月才攒起来的量，他说，这几乎是整个县医院的存货。"疼了就吃，没有了我再送来。"他不知道的是，吗啡其实已经不能有效缓解母亲的疼痛了。

我没有心情留他一起吃晚饭，把他送到门口，杨宏毅突然停住。“情况不乐观，还是送医院吧。”他尽量压低声音地说，我笑了笑。“你害怕吗？”他又问，我还是笑了笑。

母亲躺在床上，眉头紧锁，服药前她勉强吃了几口粥就又躺下了。如果没有生病，母亲今天一定要张罗一桌子的菜，在摆满百合花、白玫瑰的餐桌上，举着装有红葡萄酒的杯子，挨个祝福一遍，然后喝下。她不胜酒力，只要一小口，就会两颊绯红、目光迷离，独自笑着，尽是妩媚和妖娆，或者一句话也能逗引得她笑不停，笑得不能吃东西，趴在桌上抖着肩膀。她觉得这是失态、丢脸，但我觉得那是她最美丽的时候，因为全身心地陶醉了。

/ 第四章 /

转瞬即逝的片段

2012 年 1 月 1 日

一个迷走于深夜的旅人

早上母亲一直昏睡，两个小时我就去看她一次，并给她吃点东西：麦片粥、鸭肉切碎拌得软烂的饭、榨橙汁、蔬菜汤面。她每次都极配合地吃，但每吃一口就止不住地吐，吐得天昏地暗。终于，我忍不住了，说："我们必须去医院。晚上如果你有什么意外，我真的应付不了。"

已经到了这个时候，母亲依然要自己掌控局面，但她又总是抱怨没有人在她的病情和治疗中奔走、把关，以至于一步错步步错。有一次请了全省的肿瘤专家会诊，按规定，患者自己是不能参与病情讨论的。当时，由我和甄叔叔两人以家属身份参加，所有参与人员的背景情况我都事先向母亲做了详尽说明，并得到她的认可。会诊前，她死活要参加讨论，谁都拦不住，那是我第一次跟她翻脸。"你自己也是医生，这点规矩总该懂吧？你为什么要为难别人呢？甄叔叔、黄叔叔、张阿姨、小杨主任都是你认识的，你非要参加不是让他们为难吗？"母亲穿着极不合身的病号服坐在病床上，瞪着一双因消瘦而深陷的大眼睛看着我，目光里充满了委屈、担忧、怀疑和面对强权的胆怯。

今天我不得不再次表现出强硬的态度，否则，她依然会固执地留在家里。她已经不信任任何医院或者治疗方案了，于是我列了两家医院让她选：一家是她退休前的那家医院，在那里会得到一些优待；另一家是外资医院，虽然在技术层面上颇受行业诟病，但这里有极好的环境和服务，收费自然也不便宜。母亲选择了后者。

贵自然有贵的道理，电话里约定晚上七点医院派专车和专人接她入院，果然，准点到了。这两天，母亲只能保持平躺的姿势，睁开眼就感觉天旋地转，稍微抬起头就呕吐不止。幸好有这位护士小姐，我们两个人费了好大劲才把她扶到电梯口，担架车就在电梯门口等着。一路上，车开得极慢也极稳，母亲闭着眼睛躺在担架床上，护士小姐一直握着她的手，俯下身轻声柔语地跟她说话。

初步诊断认为，这些症状是因为两天来母亲私自把口服吗啡片的用量从二十毫克增加到四十毫克所引起的，头晕呕吐其实都是吗啡的副作用。母亲解释说，出院后，她觉得疼痛明显加剧，而且更频繁了。检查结果表明，已经出现骨转移的征兆，而且转移的面积也有加大的趋势。病情正在朝更坏的方向发展，好在速度还不算太快。

安顿好已经是夜里十点。母亲催促我回家，她坚持不让我在那里陪床，担心我会因此休息不好。我几乎复制了她的睡眠质量，对环境和条件有极高的要求。我没有与她争执，听话地回家休息，把她独自放在这里我是放心的，夜里每两个小时就会有值班护士查房，她们比我更细致、更专业。

独自回到家——这个母亲无比依恋的家，躺下时我已经疲惫不堪，但没有睡意。黑暗中，四周的家具摆设幻化成了一团团一块块一堵堵鬼魅的影子，它们的安静加剧了家里的空洞与冷清，楼下街道、远处车辆碾轧柏油路面的声音在夜的寂静中被无限放大，每一辆车轰然划过夜空的声浪衬托了独处的孤孑，车辆与车辆之间每一次短暂的空白，在这个夜里折磨着我因失眠而脆弱的神经。

神经外科学里有一个专业术语叫“迷走神经”，此刻我就像一个迷走于深夜的旅人，慌张、焦躁、忧虑、无助、迷茫。“迷走神经兴奋”的结果就是失眠、神经衰弱，我不能让自己陷入这样的混乱中。披衣下床，给自己倒了杯葡萄酒，希望酒精能帮助我进入梦乡。

2012 年 1 月 2 日

我就像一具僵尸

接到母亲电话的时候，我正在熬粥，昨天她几乎没有进食，我想今天无论如何让她喝点粥。

“我就像一具僵尸，根本不能动弹。”听上去，她的声音有力了许多，“睁开眼，我怎么觉得像是躺在一口大棺材里？”昨晚离开的时候，她的左右手被监护仪和吊瓶占据着，所以只能呈“一”字躺在床上，以这种姿势保持一整晚自然好受不了。我推开病房的门，里面已经坐满了人，他们都是得到消息后赶来看她的。母亲的气色好多了，但依然虚弱。即便这样，她还在察言观色，某某是不是还赶着去看小外孙，某某是不是该回去照顾有眼疾的丈夫，某某是不是站的位置妨碍了护士的操作。之前，母亲在五年内买卖了三次房子，装修了三次，搬了两次，我们为此发生冲突。我们离她三千多公里，这些事都由她一个已过花甲的老人完成，我担心她因此有个闪失。有朋友开导我：“你就让她折腾吧，哪天折腾不动了，才是你最烦心的时候。”现在看来，这位朋友实在有高见，但凡有一口气，母亲就绝不允许自己被边缘化、被遗忘、被轻视，她时刻要求自己以最得体、最周到的面目示人，为此她可以殚精竭虑，甚至置安危于度外。于是，我们俩一辈子都在争吵中度过，我得过且过的个性实在与她南辕北辙。

我往母亲嘴里喂了一小勺白米粥，粥被置放在她整齐的牙齿和敏锐的舌头之间。她仔细而又挑剔地分辨着白粥的密度、软硬度、黏稠度和烹饪时的火候。她接受了第二勺，但极为勉强。“这次没煮好。”她这样说的时候，眼神里透着忐忑不安。熬粥时我接到她的电话，担心她饿了一天，胃里早已空空如也，等不及熬到足够的火候就匆匆赶到医院。

从某个角度来说，现在进食对她来说只是一种形式，为的是满足口腹之欲。医生认为，她的虚弱在很大程度上是由缺乏营养所致，为了快速补给以确保身体的需要，医生决定从静脉注射脂肪乳，同时通过鼻腔往胃里插了一根管子输送营养液。这种办法比食物补给来得快，也最为有效。此外，他们还认为以目前的病情，激发患者自身的免疫功能，调动身体里起积极作用的肽的分泌，比所有的抑制疼痛的药物或者物理治疗都更有效。

医院的外资背景让医护人员很容易接受来自西方的治疗观念和手段，或者说，他们更强调生命自身能量的发挥，而不是一味地以外力对抗身体内的癌细胞。大概是对既有的医疗方案已经失望，母亲愿意尝试新的方法，何况，她一贯乐于接受新的、先进的观念和技术。

一整天，母亲都很平静，大多数时间都在沉睡。

2012 年 1 月 3 日

转瞬即逝的片段

到病房时，正好赶上查房，院长带着五六个医生把病床合围成一个白色的空间。

母亲正在陈述她的身体感受，睡眠、疼痛、饮食、大小便等等，然后，他们听诊、问诊、分析，偶尔讨论一下新出现的症状，以及是否需要改变治疗方案。看得出来，母亲很享受这个过程，因为在公立医院里，每天例行的查房，医生们总是蜻蜓点水似的在病床前停一会儿，连起码的问讯都能省则省。当然，以医生们的观点，母亲的状况已然只是一个“熬”字，这样的情况下还能住进医院也是用某位主任或者主任同学的面子换来的，如果没有这层关系，母亲这种程度的病人是不可能被接收的。母亲自然知道这个真相，或者，她全不以为然。在她的职业生涯中，只有治病和救人，不到最后一刻不轻言放弃。所以，她渴望被医生们多看一眼，多问一个问题，多在她的床前停留一刻，她觉得这是被重视、被拯救，离康复和重生的可能又近一步。而我当然了解，公立医院里每天都有成堆成堆的病人等着医生们去诊断、开医嘱、写病历、手术、治疗、会诊，他们分给每个病人的时间都极其有限。

完成例行的查房，院长并没有马上离开，她对其他医生说道："你们不知道，主任当年是何等的干练、优雅、出口成章。我那时想，什么时候才能像她一样？"院长医学院毕业那年被分到母亲工作的那家医院实习，那时母亲正好是她现在的年龄。

从县医院回到省医院的母亲，并没有从事本专业的工作。在县医院的工作经历让她拥有了一些全科医生的素质，这是那些按部就班地从医学院毕业到实习医生、主治医生再到副主任、主任医生的临床医生们所不可能具备的素质。这对于一个专科医生的专业背景来说可能是有缺陷的，但对于一个急诊科主任来说却是十分难得的职业训练。其实，这只是组织给母亲的一个考验，意在培养母亲最终成为院领导。母亲无数次对我感慨道："我其实一心只想做一个妇产科医生，但他们说我是党员，所以只能服从。"那时，父亲刚去世不久，一直都在精神上依赖父亲的她，失去了可以帮她做出正确人生决定的人。于是，母亲从一个妇产科医生变成了急诊科主任。也许是这段经历发掘了母亲身上作为一个领导者的潜质，也许是这段经历重新塑造了母亲作为一个领导者的心理定位，总之，她把一个基础薄弱的科室改造成了医院的重点科室。那时我很少见到她，偶尔能坐下来跟我们一起吃顿饭，却又让一个电话叫回医院，有时半夜也被紧急召回医院处理突发事件。很快，母亲还额外担任了另一项行政职务，相当于副院长级别。

“如果你爸还在，他一定不会让我放弃我的专业。那我的人生就会是另外的样子。”或许是她的这种人生反省让我从那时起就明白一个道理，任何情况下不能把自己的人生交付给别人，不论你是多么地信任他。

那是母亲人生中最为辉煌的日子，而我正值青春期，完全沉浸在恋爱的甜蜜、缠绵，还有纠结的自我世界中。我只记得，那段时间母亲很忙，家里也总是人来人往。

听到院长的这番话，母亲脸上泛着光，她笑着与这些晚辈一同回顾那段日子。“你是‘青于蓝而胜于蓝’，而我是黄土快要埋到头顶的人了。”母亲的语气里有着对于过往的留恋、自我肯定，同时还有对年轻一辈经历着她不曾经历过的机遇的艳羡。

对于这段历史的回顾、对母亲曾经的仰慕几乎是院长每天查房时固定的结束语。我认为，这是院长特地为母亲开具的处方，这种心理抚慰在某种程度上比任何药物和治疗都更为有效。对于一个即将离开这个世界的人来说，不断地帮助他回顾一生中最值得骄傲的时刻无疑是美好的，即便相对于漫长的一生来说，那不过是转瞬即逝的片段。

大概是精力不济，也或许是服用的药开始起效，院长带着医生们离开不多久，母亲又睡了。这一整天，大部分时间母亲都在睡觉，偶尔醒来，也只是喝水或者小便，但人是明显地精神了。

2012 年 1 月 4 日

天生的女性主义者

这些天我都在医院陪床，晚上就在病房的沙发上和衣而卧。母亲起夜需要别人帮助，而她断断不愿轻易叫来值班护士，尽管，这是她们的职责之一。

房间里，空调的低鸣、压力泵输送液体时发出的嗡嗡声混同着母亲的呼吸声，就像小夜曲，是即将迎来光明的夜的前奏。相比独自回到空荡荡的家中，我更愿意在这里陪着母亲，跟她一起挨过夜的混沌与黑暗，迎来清晨的光明与希望。至少，我们都不会觉得孤单。如果听不到她的呼吸，我就起身轻轻走到她的床前，借着压力泵发出的微光观察她的脸，看到白色被单下她的身体随着呼吸有节奏地起伏，我再放心地躺下。后半夜，母亲醒来，因为久卧使得她的背部又多了一层疼痛，这种疼我是能够理解的。她坐起来，我用抚摸法帮她减轻一些背部疼痛，直到护士给她加服了半片安眠药，才又睡下。

小曲来接班时，我已经帮母亲刷过牙、洗过脸，还吃了一小碗米粉。我把她留给小曲照顾，上午得处理一些工作，中午有老朋友们约着见面，其实他们是想要帮我缓解这段时间以来的压力。

坐在出租车上，太阳明晃晃地照在身上，这座城市的生机与繁忙在车窗外快速地退去又迎面扑来。我已经很久没有在这个时间出门了，阳光下，周遭的一切显得有些恍惚。

石锅鱼和铜锅饭鲜美无比，像是好久没有吃到如此的美味，我自顾自地埋头狂吃。朋友们交流着新买的路虎、正在接受公示的职务、面临青春期女儿的烦恼……他们的话题我都接不上茬。

十年前，也就是这几个人，也是一个中午，为我这个即将背井离乡的人送行。“为什么一定要走？”“一个都过了而立之年的女人还去闯世界？”“北方好像一日三餐只有面食，冬天只有大白菜。你能习惯吗？”“他们说的那些都不重要，重要的是，你怎么能把你妈一个人留下呢？”记不清当时是如何回复他们的疑问的，或许，我只是沉默着。总之，我还是走了，一走就是十年。如今再回来已经被当作异乡人，对这座城市，我的确也有着异乡人的陌生与隔绝。只是，在北京我同样觉得不过是生活在“别人的城市”，那座大而无当的城市里，一不留神就会暴露自己异乡人的身份，比如，我总把“盛放”说成“剩饭”，把“旁观”说成“膀胱”。

在刚到北京，一切从头来过的时候，在工作遇到挫折的时候，在无数个奔波于北四环的家与朝阳门的公司的时候，在某位老朋友谈及我们一起坐在故乡冬日的暖阳中烤太阳喝茶的时候，在得知母亲身体有恙却不能伺于床前的时候，在某个黄昏日落、佳节思亲的时候……十年中，我也无数次地问过自己：为什么一定要离乡背井，一定要离开母亲？

走的那年，我刚过三十岁。供职于一家杂志社，工作出色、主编提携、收入尚可，除了感情生活屡遭失败外，没有太多的理由要离开——去一座我完全陌生的城市，开始一段我完全没有把握的新生活，连那个将与我开始共同生活的男人，我也没有爱他爱到“非他不嫁”。离开，心里只有一个念头：离开这座所谓四季如春的城市，这里让我感受不到时光的流转；离开我能一眼望到头的日子——像所有的中小城市一样生活安稳妥帖；离开那些总是让我联想到某段失败感情的街道、楼房、路灯、书店、电影院、公园；离开那些从来都没有让母亲因我而骄傲的小学校园、中学校园、大学校园，以及工厂、机关、报社，还有，就是离开母亲。

外公外婆离世后，家里只剩下母亲和我，那是我们最亲密的一段日子。下班回来，吃母亲做的可口饭菜，谈论单位里的人和事，议论我们共同认识的某人，一起散步、看电视、逛街，但极少谈论我的感情，这是我们之间最不能触碰的话题。她可以行使母亲的权威，过问每一个来电来访的男性朋友、每一次我的单独外出，甚至翻看我的日记，单独约谈我的男朋友或者某个她以为会成为我男朋友的人。

我当然知道，这表示母亲爱我，爱这个由她和她爱的男人共同创造的“作品”。可是她从来都不知道，“作品”一旦被完成了，就有了自己的生命，就进入了自我完善的阶段，就不再属于创作者。

眼看着周围的同龄人有的已经当上了外公外婆、爷爷奶奶，有一天，她终于忍不住要“关心”我的爱情。我已经在学业工作上令她颜面尽失，结果又输在美满婚姻的起跑线上。一辈子争强好胜、从不示弱的母亲已经忍我太久了。当她得到“我有男朋友了”的答复后，吃惊地盯着我看了好几分钟，意外得说不出话来。每天正常上下班的我，连情绪上的蛛丝马迹都没有流露过，所以我坦白了林木的名字后，母亲越加地吃惊。她自以为掌握了所有与我有关的男性朋友的情况，但在这份名单里竟没有这个陌生的名字。

诗人。现居北京。报社编辑。与我同龄。未婚。江南人士。相貌平常。三四年前因工作关系认识。确定恋爱关系两月有余。

母亲听完这些情况，没有立刻发表看法，一个远得令她看不清面目的男人就这样进入了我们的生活，她感到猝不及防、措手不及。“他愿意为了我，放弃北京与我们一同生活。”所有的陌生感和距离感都被这句话消解了。对于这座边陲城市来说，北京代表着先进、权威、机会、天生的优越感、文艺青年的梦想，母亲不愿意我做个文艺青年，更不愿意我把未来交给另一个文艺青年，但她又不愿意让我继续待字闺中。

“他是一个天生的女性主义者。”我补充说明，让母亲去接受一个连面都没有见过的人做她的女婿，我也觉得不妥。这个“补充说明”令母亲倍感惊异，我在她的眼神里看到了不解、疑惑、担忧，混同着震惊。眼前的这位老医生，从字面意思理解到，她未来的女婿竟然只对女人感兴趣，而我却还引以为傲地当成优点加以宣扬。“女性主义不是说他喜欢玩弄女人，而是他懂得尊重女人。”我知道，我的话依然不能让母亲清楚地了解林木是个什么样的人，以及“女性主义”究竟是怎么一回事。我想，以后有的是时间。

结果，三个月，仅仅三个月后，我就跑去跟母亲说：“林木决定回北京。”他无法习惯这里的工作节奏，无法习惯这里冬天依然火辣的太阳，无法习惯熟人们对我们的生活无节制的关心。当然，这个决定随之而来的是我将随他而去。这次轮到我大感意外，母亲竟然没有阻止我也一同离开，她甚至没有丝毫迟疑，好像她早已知道这一天终归会到来。

回到病房，母亲看起来有所好转，脸上出现了红光。她喝了我熬的骨头汤，满意地重新躺下，继续昏睡。

2012年1月5日

无法弥补的遗憾

晚上我继续在病房陪床。吃过晚饭，我和母亲一起看电视连续剧打发时间，正看着，接到双阳的电话，说今天终于有些空闲，要来看看母亲。我去楼下接双阳，进到病房时，母亲已经握着电视遥控器睡着了。

双阳说，别叫醒她，让她再睡会儿。他仔细地看了每根插在母亲身上的管子——输液管、氧气管、胃管、监护仪，然后问："现在就用舒芬太尼止疼，是不是太早？"这种通常用于手术全麻的麻醉剂的确能十分有效地减轻疼痛，但母亲这些天也的确绝大部分时间都处于昏睡状态，保持不了十分钟的清醒，很快就又睡着了。"应该建议他们用点人体白蛋白，她现在需要补充一些能量。"身边的双阳，散发着成熟男人的魅力，进入职业状态的他有种从容自信与不可置疑的笃定。

第一次见到双阳，他刚刚从医学院毕业，跟着他那位曾经是校篮球队主力的父亲一起来家里做客。印象里，这个年长我三岁的大哥哥，一脸青涩，没开口就已经满脸通红。他好奇地看着我书柜里的书，指着那些他没听说过的作者和书名问："你全都读过吗？"我虚荣地含糊其词道："基本读过。"于是，他表示赞许，好像从来不知道医学院之外的学生也要读很多书似的。熟识以后，他说那次见面我给他留下了很深的印象。"你穿件蓝色的夹克衫，眼睛不大，但亮亮的，滴溜溜地转来转去。"我不禁哑然，听上去，像个蓝精灵。当然，那个时代我们还都没有看过《蓝精灵》这部动画片，那是一个年轻人集体迷恋琼瑶、三毛、金庸，听台湾校园民谣的年代。

后来，据说学习成绩名列前茅、五年中一直担任学生干部、获过优秀党员称号、临床实习颇得好评的双阳没能留校，尽管他的父母动用了所有能动用的关系，他最终还是被分配回地区医院工作，开始了他子承父业的生涯，像他的父亲一样成为了一名外科医生。

我曾亲眼看过他给一个外伤病人清创，用大号的弯针为头皮绽开的病人缝合。第一针下去因为深度不够，又退出来，再次扎下去，那个看上去不过二十出头的小伙子，疼得大声喊叫。一旁的我，被他的喊声感染，恨不能抓住双阳的手，阻止他的动作。双阳完全不受干扰地完成了缝合，专注、从容、仔细，那时他是个刚刚进入临床阶段的住院医生。他早已忘记清创的这一幕，现在他每天的工作是在显微镜下，修理人体构造最为精密、繁复、庞杂的脑神经系统，已经有无数的病人，在他的手上得到了康复，无数的家庭因之得以完整。

我把母亲推醒，她睡眼惺忪地看着床前的来人，一时四目相对竟都无语。双阳握住母亲那只没有针管也没有监护仪的左手，每次重逢，他也总是这样握我的手——用力、持久，这是他特有的表达方式，太多的言语、想念与关怀就这样传递。然后，他不停地摩挲着母亲瘦得皮包骨的手，母亲的手一定很冷，他温热、有力、宽厚的手让她感到温暖和安全。

母亲在北京住院治疗期间，有回她自己从家坐出租车回医院，司机跟她闲聊，问她是不是去医院看病。母亲竟谎称是去医院找儿子，说儿子是这家医院的神经外科医生。那家医院的神经外科在全北京，甚至全国都排名前五位。后来，母亲把这事告诉了我，她没说她为什么对一个完全不相干的人撒谎，但我心里清楚，在她生命里没有一个能继承父亲事业的儿子，也没有一个这样的女婿，对她来说，实在是一个无法弥补的遗憾。

双阳说，他早就该来看望，但是实在太忙，除了自己医院的手术，还不定期地到各地会诊、手术，有时忙得连着几周回不了家，正上初中的女儿也见不到父亲。这些母亲当然知道，她吃到的那些好吃的新鲜美食，都是双阳利用出差的机会买了送过来的。说起工作，他总是滔滔不绝、神采奕奕，甚至不在乎对方是否明白他谈及的内容，是否有兴趣知道。从他去年完成多少台手术、明天手术的难易程度，到如今神经外科发展的状况，事无巨细。这种时候，我就是个外人，我无法加入他们正在热烈谈论的话题中，他们也几乎忘记我这个旁观者的存在。母亲兴致勃勃地问一些问题，我看到她对双阳的赞许和那一点点不易察觉的嫉妒与失落。眼前这个算是她看着成长起来的外科医生，终究不是她的孩子，也不是她未来的女婿。即便如此，她还是真心地感到欣慰与满足，他们都那样热爱医生这个职业，而且这个年轻有为的晚辈是这样耐心地向她细数自己工作的种种。双阳伏下身，把手机中存储的图片一张张地展示给母亲。前几天，他刚到我父母工作过的县医院会诊，图片上的医院早已不是当年的样子，新落成的住院大楼庞大、崭新、现代化。

突然，母亲反过来拉着双阳的手。“我没有那个福气啊。”稍稍停了一下，又说，“我走了，你要多关心她，你就是她的兄长。”我和双阳都愣了，我感到身体里的血液不断地往头上涌动，我努力不让眼泪流出来，我不想让他们看到我的眼泪。双阳重新握住母亲的手，点着头，好久没有说话。

我把双阳送到门口，外面有风，很冷，他不让我送远。他走出去几步又折返回来，看着我欲言又止，伸过来的手停在半空又收了回去。看他眼睛有些湿润，我便催促他：“快走，明天一早还要上手术台。”中年的双阳，背影比从前厚实了许多，但在负担和责任之下些微地驼了，走路的样子还是那样肯定和迅速，像是手术台上的病人已经完成全麻，正在等他。

回到病房，母亲像是睡着了。病房里还留着一抹没有散去的男人的气息。

2012 年 1 月 6 日

一切不过是幻觉

一早回家给母亲取了些换洗的衣服，等我推开病房的门时，每天例行的查房已近尾声。

院长正在向母亲解释为什么没有给她使用人体白蛋白的原因："从国外最新的报道来看，癌症病人不宜过多地摄入蛋白质，因为蛋白质更容易被癌细胞吸收，反而促进癌细胞的生长。"她为了说明此意见的可靠性，还引用了刚去世不久的乔布斯的例子，这位罹患胰腺癌却奇迹般存活了八年的"苹果之父"一直坚持素食。昨晚，双阳特地给院长打了电话，希望给母亲适当地补充一些人体白蛋白，他认为这样有利于母亲尽快恢复体能。院长并没有在电话里直接反驳双阳的意见，我知道她反对给母亲使用此类药物。"主任的同学，连同学的孩子都已经是全省的专家，"院长这话显然不是说给她身边的那些医生听的，但还是让母亲觉得很有面子，"以后我们要常请他过来指导工作。"院长说的人自然指的是双阳，不过，她依然没有改变主张。

"昨晚双阳来过？"等病房只剩下我们两个人时，母亲问我，好像昨晚发生的一切不过是幻觉。我盯着她看了一会儿，没有理由认为她是在撒谎，她的确忘了昨晚发生的事，连双阳是否真的来过也都忘了。

下午，母亲的右手开始出现肿胀，这些天密集的输液使得血管壁不能承受这种压力，后果就是再也无法及时接受大量的液体进入。于是，换成了左手输液。

去医院食堂找来了土豆片敷在母亲肿胀的右手上，这个办法还是母亲在北京治疗时一位病友教的。那位阿姨与母亲同龄，有一个与我同龄同名的女儿，她自己是植物研究所的研究员，一辈子都在跟花花草草打交道。她与母亲很投缘，病房里经常都能听到她带着四川口音的普通话，跟母亲分享《炎黄春秋》，传播不同渠道听来的消息，也聊自己的经历和家事，总是她说的时候多、母亲听的时候多。母亲比她早些日子出院，那天她一直把我们送到医院门口，从汽车后视镜里看见她一直站在那儿，宽大的病号服遮掩住消瘦而又羸弱的身躯，但精神还算不错。她和母亲曾约定在成都的青城山相见，那里的青山绿水和纯净的空气最适合休养。去年下半年，我接到阿姨女儿的电话，阿姨已经去世，去世前再一次住进那家医院，接受了中西医多方面的治疗，受了不少的罪。阿姨的女儿一再叮嘱我千万不要将这个消息告诉母亲，而且要尽力满足母亲的心愿。她说："工作太忙，还要独自抚养正在上小学的女儿，所以母亲想回青城山的想法一直没能实现。"

母亲大多数时间还是在沉睡，但气色明显好多了。

2012 年 1 月 7 日

经得起岁月考验

从凌晨开始，母亲的右臂出现水肿，左臂血管也无法注射，于是护士小姐只好拔掉所有针管。现在，母亲的身上终于只剩下两根管子——氧气管和胃管。为了让肿胀的手臂能尽快恢复，我们将她的右臂吊起来，这样可以让身体中的液体尽快回流，虽然这个姿势很不舒服，但很有效。

刚把一切安顿好，母亲又开始对我交代后事，她显然已经忘记几周前刚交代过一次：准备好了的衣服放在哪儿，里面穿什么，外面套什么，还要给她系上那条她最喜欢的咖啡色丝巾，记得戴上假发。“听人说，一定要穿布鞋，小区后面有家布鞋店，你去给我买一双吧。”

此时，按电影或电视剧的惯有情景，我应该走到母亲面前，抱着她痛哭流涕地说：“妈，你会好起来的，你不能走。我需要你。我们都需要你。”但是，我没有，我仍然坐在病床对面的沙发上，冬天温暖的阳光穿透了玻璃和厚厚的窗帘照在我的背上。我没有哭，也没有说话，就连走过去拥抱她的意识都没有。我只是看着她，心里在想，该去哪里买这双布鞋。一双舒服的鞋很重要，无论在哪里，有一双合适的鞋才能走得更远更久，而且，母亲向来都很挑剔。

然后，我看见母亲在悄悄抹眼泪。是面对死亡的恐惧，还是对生命的依恋，或者是对我的漠然的失望呢？我努力体会她此刻的心境，但一切都是徒劳。疲惫让我丧失了感受力，我变得迟钝而又麻木。

下午，甄叔叔准时出现在病房，照例提着他那只硕大的文件包。趁母亲休息的时候，他从里面拿出各种资料阅读，以保证自己的知识不像身体一样老化。

甄叔叔在病房有两个固定的位置，病床边的椅子和靠窗的沙发。坐在椅子上时，他就专注地看着母亲，目不转睛地盯着这张已经看了半个世纪的脸——尽是风霜和岁月，这种时候总让我想起杜拉斯《情人》的开头：“我已经老了，有一天，在一处公共场所的大厅里，有一个男人向我走来。他主动介绍自己，他对我说：‘我认识你，永远记得你。那时候，你还很年轻，人人都说你美，现在，我特地来告诉你，对我来说，我觉得现在的你比年轻的时候更美，那时你是年轻女人，与你那时的面貌相比，我更爱你现在备受摧残的面容。’”我觉得这段话就像是杜拉斯专门为他们写的，当然，天下真正的有情人都一样——经得起岁月考验。

如果甄叔叔坐在沙发上，那一定是母亲需要休息了，他便抓紧时间看自己的专业书。母亲说：“他这一辈子，只做了一件事，就是当个好医生。”人生能专注于一件事而且业有所成已经是最大的成功，可是，女人往往希望自己的爱人能做更多的事，扮演更多的角色，比如他是好丈夫、好父亲，甚或好情人，而这些角色并不是努力就能达成的，这个男人要聪明、宽厚、幽默、乐观、敏锐、体贴，当然，还有就是需要经常给予自己的爱人足够的关注。

甄叔叔的到来意味着我可以放心大胆地到外面走一走，晒一晒太阳，呼吸一下病房以外的空气，看看那些与我擦肩而过的漂亮姑娘和帅气男孩，或者去哪家小店吃一碗我最心仪的米线。做完这些事再重新回到病房，一切仿佛不再那么令人不安。

我在房间的另一边处理工作，好几次偷偷地观察对面的两个人。甄叔叔只是专注地看着母亲的脸，他在看专业书时也是这种神态。床上的母亲一直闭着眼，不知道是真的睡了，还是闭目养神。有时母亲抱怨：“总是一副忧心忡忡的表情看着我，连句安慰的话都不会说，还不如不来。”这种时候，我便笑说：“那让甄叔叔这个星期都别来了。”母亲白我一眼，没好气地回我一句：“没人非让他来不可。”语气里的娇嗔倒不像是古稀之人。

2012 年 1 月 8 日

原配的蟋蟀一对

接完电话进到病房，看见医生正在给母亲打封闭针，因打吊针而肿痛的右小臂，如果再不及时采取措施可能会导致炎症。

例行查房一结束，院长随即又出现在病房。“今天的气色好多了，脸色红润，精神饱满。”这些话，一小时前查房的时候她就已经说过，院长每天都要重复这番话，不厌其烦、诚恳有加，永远像是第一次这样说。于是，受到肯定之后的母亲便露出振奋而又信心满满的神情。

母亲用右手按着左侧腋下，这是她自己发明的减轻疼痛的物理疗法，而且只有她自己能正确地掌握按压的部位和力度，这个姿势已经保持了相当长一段时间。此时，她一脸痛楚和期待地看着眼前这位年轻的同行，希望能从她那里得到一些切实的帮助。

经常到国外参观学习的院长总能给母亲带来一些新的、前沿的、代表西方医学研究的成果与观念，就像今天她提到的“整体医疗”这个概念，以区别国内医疗界现行的“生物医疗”。以我的理解，所谓“整体医疗”无非是西方医学在经历了漫长的细胞学研究和临床实践后，开始重新认识人类的身体，把人自身看成是一个整体、一个独立的宇宙，身体器官相互作用并产生某种关系，从而修正长期以来过于细分的学科和临床治疗所导致的片面性和孤立性。

院长还引述了美国和日本在对癌症病人进行整体医疗中所取得的成果——它主张调动人体自身的内在机能，以对抗癌细胞的生长。比如，美国专门为癌症病人创立了手工中心，让患者在接受药物治疗的同时，利用手工制作来分散他们对自身病症的关注。在这里，患者会得到一张非洲儿童的照片，上面有详细的个人状况，患者们制作的手工艺品通过拍卖获得的收益将被用来资助这些儿童。在这个过程中，患者看到他的劳动成果正在改变另一个人的生活，感受到了生命存在的价值，同时也从自身病痛的焦虑中解脱出来。

专注于谈话的母亲似乎忘记了疼痛，对于新事物，她总能保持高度的热情。我忍不住插话说，所谓的整体医学并非西方现代医学的新观念，中医学的基础就是“整体医疗”。在此之前，我们试图说服母亲，在接受西医治疗的同时也不要放弃对中医的尝试。“我不相信用那些花花草草熬出来的汤汤水水能把那么大一个包块化解掉。”长期的西医训练和实践，让母亲更愿意相信眼见为实、立竿见影的仪器检查和手术效果，这一点，她与有着西方医学背景的鲁迅高度一致。在评判中医的时候，她总要引用鲁迅文章里关于父亲生病后，中药方里“原配的蟋蟀一对，经霜三年的甘蔗”做药引子的例子。母亲也曾被我们说服去看过中医，但一再嘱咐我们不能对任何人说起，像是我们伙同她去做了一件见不得人的事。而且，还没等吃完第一副药，她便放弃了那些汤汤水水。

“跟文字工作者交流就是更容易些。”院长像是在表扬我，对于我的反对意见并没有表示不满。母亲竟也流露出对我的赞许，这倒让我觉得有些不太适应。

其实，我愿意母亲住在这家医院，只是因为她在这里能得到更多的关注，在我看来，关注是医学中最为重要的部分。这也该属于整体医学的一部分吧。

2012 年 1 月 9 日

指挥若定

经过这几天的治疗，母亲又开始指挥若定，对我，对甄叔叔，对医院里的医护人员，包括她应该吃什么药、喝什么汤，我们走路的速度与脚步的轻重。

一切都说明，她正在好转。

2012年1月10日

父母不等我们

近一周我都住在医院，我决定等查完房，回家给自己取些换洗的衣服。

刚进家门，就接到医院打来的电话，主治医生告诉我，血象报告非常令人不安，血小板只有七千单位。报告结果说明，只要有任何出血现象就可能导致出血不止、危及生命。导致这个突如其来的结果的直接原因可能是，母亲瞒着我们服用之前剩下的特罗凯，一种口服的化疗药物——她始终在做着治愈的努力。

我赶回医院，主治医生在病区走廊里截住我，在医生办公室里我再一次看到了病危通知书，我被要求在上面签字。我脑子里一片空白，依着指点在通知书的空白处填写母亲和我的名字，还有日期。

回到病房，上午的阳光洒满整个房间。母亲昨日脸上的光彩不再，她疲惫地紧闭双眼，眼圈乌黑、皱纹满布，两颊明显塌陷。我极少看到母亲这样的神态，她总是神采奕奕、笑容盈盈、雷厉风行，所以她一辈子都在抱怨我的散漫与拖沓，我们之间时不常地因此烽烟四起。她是那么爱美，就算在病床上也要穿戴整齐，体面而不失优雅。此刻，帽子边沿露出的白发越加衬托了疲惫、憔悴、极度虚弱的病容。

她说她需要吃一些富含营养的食物，于是我不得不把她留在病房，我决定去离医院最近的双阳家寻求帮助。后来我才知道，母亲是看出了我内心的慌乱，坚持让我离开，保证说在我离开的时间里不会有任何意外发生。就像在北京的那些日子，我每天都在担心我不在她身边，她会不会突发意外。离开病房的时候，我也担心在某个瞬间我不愿意看到的结果成为现实。我想象着，二十年前，母亲也有无数个时刻不得不离开病榻上的父亲，那时，她是不是像我一样，或者比我更加不安与不舍？

还没有走到双阳家的单元楼，就听到有人喊我，回身看到刚从农贸市场回来的双阳爸爸，那一刻我不想再克制自己的情绪，眼泪哗地流了下来。“没关系，病危通知只是医院对病人家属的例行告知。血小板低我们就想办法把它补上去。”双阳爸爸向我晃了晃手里提着的袋子，里面装着他刚刚从农贸市场买来的排骨和一些蔬菜。“有事就跟叔叔阿姨说，别把自己当外人。”自从母亲生病，他无数次这样说，其实，这二十多年来，我一直没把自己当外人，所以，我也才会唐突地要求他们家给母亲做一顿午饭。其实，这个突如其来的任务，对于年近古稀的两位老人来说不免手忙脚乱。我伸手挽起双阳爸爸的胳膊，就像小时候挽着父亲的手散步，眼泪还在止不住地流。这个做了一辈子外科医生的男人无数次面对过生离死别，职业训练造就了他的冷静与内敛，此时，他不知道该如何安慰我这个晚辈。

在不长的回家路上，我努力让自己平静。

双阳爸妈都是父母大学的同学，五十多年来，不论是同住一座城市还是各处异乡，不论两家人时而亲密无间还是时而音讯疏离，每个人的心里都有着亲人般的牵挂。作为同龄人，两位老人面对母亲的意外患病一定是感慨良多。

我正处在身强力壮、精力充沛的年龄，应该担负起对他们体贴照顾的责任，而不该给他们风烛的年月里平添焦虑和不安。

推开家门，双阳妈妈正在厨房里忙碌，因为耳背，直到我们走到跟前，她才猛地回身看到我们。她一把把我揽进怀里。伏在她古稀单薄的肩上，我再度释放自己的情绪，呜呜地放声大哭，眼泪顺着两腮流到她的身上。她大声地说："哭吧哭吧，这些日子家里也没个人分担。"

哭够了，我们三个分工有序地在厨房里准备午饭。

二十年前的无数个场景不断在脑海里回放。那时，他们刚刚送走了上一辈，接过一家之主的权威；儿女们都已长大，但还需要再扶送一程；医院的病房里，他们是让病人康复的希望和保证。有个假期我几乎是在他们家度过的，所以我像熟悉父母一样熟悉他们每天的生活。即使是短暂的午饭时间，双阳妈妈也要亲自去菜场买菜，然后给全家人做一桌丰盛的饭菜，她不能容忍我们毫无章法地胡乱对付。双阳爸爸总是沉默地看着我们胡闹，在这个家里，很少听到他的声音，但他总是在那里，作为一个父亲，威严而不失慈爱。

而今，双阳爸爸的头发明显稀疏了，腰疾使他的身体有些微微的弯曲。双阳妈妈已经不能再给我们做一桌美味的饭菜，即使最简单的一道家常小炒也会咸得让人难以下咽，另外，耳背让她更加急躁。重新回到他们身边，好像这些年从来没有分开，与二十年前那个假期相比，我觉得自己更像是这个家的一员。只是，他们的衰老是肯定的。

双阳妈妈在我们进行准备工作的时候，不断地重复着那些无数次被否定的提议："是不是在炒莲花白的时候加一个西红柿？"她再三把西红柿从冰箱里取出来又放回去，不厌其烦。"傻丫头，现在也会做家务了。"她用赞许的目光看着我在厨房里的表现，心里一定不止一次地想起当年那个饭来张口、衣来伸手的姑娘。双阳爸爸在一旁抽着烟，有一句没一句地与我闲聊，但绝口不提母亲的病情，只描述他在农贸市场如何跟摊主讨价还价。

中午赶回家的双阳把我和做好的排骨汤送回医院。他告诉我，临出门时双阳爸爸叮嘱他说："让她千万别把自己当外人。"我的眼泪再次汹涌而出。双阳驾驶着汽车，目光始终看着前方。"我也要面对这样的一天，面对父母的生老病死。"双阳如今在事业上已胜他父亲一筹，但不论工作还是生活遇到问题，他还是要回去找老人倾诉。"他既是父亲，又是老师，还是朋友。"双阳说到他父亲时总是这样表述。也许，就在这一刻他也直面了一个事实——父母不等我们，他们总是要先我们而去。

如同父母一样，我们要像真正的家长一样去面对儿女的成长，生命就这样不断地循环。然而，我们多么希望永远是父母的孩子，永远也不长大成人。

2012年1月11日

最后一句话是"太痛了"

昨晚因为输血反应，母亲一夜都在发烧，护士们很尽职，整夜都进进出出地换输液瓶和观察。

我自然也睡得不好，起床后像一夜没有睡似的，一整天都昏昏沉沉的。下午见到甄叔叔，我找了个单独跟他说话的机会，希望他能阻止母亲的行为——她一意孤行，除了可怕的特罗凯，我还担心，她哪天真的会把所有麻醉类药物都吃下去，因为她已经很多次表示要这样做。

"我们医院原来有一位麻醉师，跟你妈妈一样，很能干，人也长得漂亮。体检查出来患了胰腺癌，开始挺积极地治疗，有一阵看上去病情稳定了，没多久就开始转移，肝、肺、骨骼都有转移，疼得一夜一夜无法入睡。最后，她跑到家属楼的楼顶上，从十几层高的楼上跳了下去。"甄叔叔说话的声音低沉而又飘浮，听上去不像是从他这种高大的身体里发出来的，他抱着双臂，目光投向窗外骄阳下车水马龙的大街。"她跟她爱人说的最后一句话是'太痛了'。"

我看着甄叔叔，想象着那位存在于他叙述中的女医生，想象着她的疼痛。

2012年1月12日

可以起床走动了

母亲说我昨晚睡得很香。其实，昨晚发生的事情我都知道，护士来查过房，帮母亲上了厕所，但我实在太困，被病房里的响动吵醒后很快又睡着了。

今天母亲的精神明显好些，也可以起床走动，虽然只走了几步。

2012 年 1 月 14 日

真是一双好鞋

林木是吃了午饭以后到的，进门后就把那双内联升布鞋递给了母亲。“妈，您要的鞋。”他的表达总是简短而又平铺直叙，如果不是因为出版过诗集，母亲肯定不相信他竟然是个诗人，即便如此，母亲还是对那些她似懂非懂的诗歌表示质疑。

其实买鞋的过程十分周折。接到我的电话后，林木找到了王府井的内联升，这是我们能想到的最好的也是最合适的鞋店。店员听说鞋是给病重的老人备的，便建议另外给母亲置办一套寿衣。林木连鞋的样式和面料都做不了主，寿衣的事更不敢做决断。他来电话征询我的意见，我也不敢拿这事去问母亲，便让他只管买鞋。然后，他又来电话仔细地描述鞋的款式、面料、大小，反复几次才做了最后的决定。内联升是以做官鞋出名的老字号，我猜母亲应该会满意。

母亲打开包装精致的鞋盒子，没有放过鞋子的任何一个细节，然后戴上老花镜把那份有关内联升的文字仔仔细细地读了一遍，最后把鞋子和说明书放回鞋盒。我不敢坚持让她试穿，尽管店员曾交代说一定要试穿，如果不合适可以调换。下午，不论谁到病房，母亲都要我们把鞋盒从柜子里拿出来展示，而且不忘对每个人重复一遍关于内联升的历史，每个人也都极配合地说：“真是一双好鞋。”

/ 第五章 /

三个人的年夜饭

2012 年 1 月 15 日

我是被生活逼的

林木来了，终于可以吃到家里做的饭菜了。我依然在病房里陪母亲，林木负责每天两次做好饭送到病房。

母亲的疼痛还在继续加重，又请了专家来会诊，换了新的止痛药，但依然没有特别明显的效果。现在只要一开始感到疼痛，母亲就表现得烦躁不安，疼痛几乎控制住了她整个人。我一整天都在医院陪母亲，哪儿也不去，但尽量不跟她说话，因为对于该说什么、该怎么说，以及语速和节奏我都没有把握，担心稍有不慎就会激起她的不安，甚至是愤怒。

“小时候，你成天黏着我，我到哪儿你就要跟到哪儿。想摸你就摸你，想掐脸就掐，现在……”母亲躺在洒满阳光的病床上，满脸笑意的背后是掩藏不住的失落。我就站在离她不远的桌边，正准备给她倒水，又到吃止痛片的时候了。

几分钟前，母亲因为我说她性子太急，而声音哽咽地诉说了她艰辛的一生。从自己是早产儿说起，因此体质很弱，又出生在战争年代，在颠沛流离中度过了童年，体弱多病的青年时代又赶上全国“大跃进”和三年自然灾害后的重建。整个大学时代都在与胃病和营养不良做斗争，好不容易毕业、结婚，却又连遭几次流产。几经周折调回省城工作，丈夫竟患了肺癌，整整十八个月，足以摧毁她的精神和身体。“我不着急，行吗？工作、家庭，连同你的学习、生活都只能是我一个人来承担，时间不够用，钱不够用。我年轻的时候也是性情温婉的人，也不食人间烟火，我是被生活逼的。”

这些话基本成了每次我们两人之间发生分歧、口角时被引证的“史实”，而我总是用沉默回应，对于自己的到来没能给母亲的生命锦上添花，只能内疚和惭愧，找不到安抚她的办法。

2012 年 1 月 16 日

情绪和身体同样不堪一击

母亲已经念叨很久了，她的手机太老也太旧。她是那种特别热衷于新鲜事物的人，所以，我们家很早就有录音机、电视机、冰箱，后来又是最早买商品房的。但我觉得，手机对她来说就是接打电话，智能机那些复杂的功能对她来说都是多余的。

除了内联升，林木还给母亲买了部新手机，所以这一整天母亲的注意力都被新手机的功能吸引了。她首先学习如何发短消息，手写功能激发了她对这一交流方式的兴趣，之前的拼音输入法对她来说多少有些困难。大概是新手机转移了她的注意力，不管怎样，不被疼痛困扰使得我们也很欣慰。

公司的网站要上线了，这意味着需要更多的内容去填充和更新，这是在我职责范围内的工作。虽然老板只是在电话那头颇为客气地询问了母亲的病情，只字未提是否需要我尽快回去工作，但我们都已经感受到远程办公存在的诸多不便和不利因素。即便我已经下决心辞职，回来专心照顾母亲，我也应该回去一趟，对公司和工作都要有个交代。

小曲走后，我一直在找接替她工作的人，她走之前只是提出想要回家看看父母，但我知道她不会很快返回，因为她本来就不打算长期做钟点工。她是个心气很高的女人，想让女儿像真正的城里人一样上最好的学校，她住在自己的房子里，而不是像这座城市里其他做钟点工和送水工的暂居者们一样，看不到未来和希望。她一直想要换个能挣更多钱的工作，即便她不离开，我也不可能将母亲留给一个钟点工来照顾，而自己一走了之。院长建议我把母亲留在医院，她保证母亲会得到最好的照顾。但这不是一个可行的方案，一旦病情稳定，母亲会坚持回家休养。

母亲的状况时好时坏，她的情绪和身体同样不堪一击。我每天都小心翼翼的，但还是失误不断。

2012年1月17日

路上有惊慌

止痛药的效果越来越可疑，已经没有什么药物可以减轻母亲的疼痛。母亲每天说得最多的还是关于疼痛，不论面对谁，从主治医生、护士，到看望她的亲朋好友，甚至医院里负责清洁的护工，只要一开口，母亲一定要向对方倾诉她的疼痛，从疼痛的部位、时间长短、程度到疼痛的感受。

查房时院长建议母亲学着放松，不要将注意力过分地集中在身体的感受上，然后主治医生找来了一些辅助材料，包括喜剧片和周立波脱口秀的影碟。母亲很快就没有兴趣摆弄那些东西，她的注意力好像永远都在我的身上：我接了谁的电话，我盯着屏幕究竟是不是在工作，我为什么半小时都没有跟她说话……

林木照例一日两餐地做好送过来，加上医院配送的晚餐，饭菜摆放在专供病人使用的桌子上显得有些拥挤。“拿开，不要放在我面前，看着就着急。”母亲的一日三餐几乎都是象征性的，但我们坚持在病房与她共进晚餐，希望她会因此获得居家的温暖，即便这是医院，全家人其乐融融地围坐在一起，让一切看起来仍然有家的感觉。那时，母亲和我也是这样陪着父亲在医院度过了他最难熬的日子。我们把桌子挪到离病床尽量远一些的位置，身在病榻的母亲没有把自己置身事外，她安排每个人该使用哪个容器吃饭，哪道菜由谁负责吃完，哪道菜应该最先吃。“你不要再管我们吃什么不吃什么了，行吗？”我终于生气了，这一整天，我被她规范着走路的速度、说话的语调、开关门的轻重，我不明白为什么她就不能让别人有一点点自己处理问题的方式。四十年的人生，我始终生活在她制定的规范里，为此我不得不选择离开她，现在我只希望在剩下不多的时间里，我们能相互宽容，让对方多感受爱，而不是规范和完成目标。

林木低声制止我。这种时候，我觉得他就是一个外人——一个可以无视母亲的权威与控制的外人，作为外人他无须也无法感受到那种来自母亲的力量。我转到另一边，用后背对着床上的母亲，但我依然能感觉到她的灼灼目光。

这段时间我常想，如果有一天，母亲真的走了，永远也回不来了，我是否会怀念她？是否会因为没有了芒刺在背的目光而陷入慌乱？是否会因为她的离去而陷入深不可测的孤独？我们无法预知未来，于是，“路上有惊慌”。

母亲终将看不到我的悲伤、恐惧，也看不到我对她的依恋。

2012年1月18日

从她的眼睛里看到太多心事

疼痛越来越频繁，止痛药的剂量还在增加，只有熟睡的时候，母亲才稍稍平静。她常说梦话，听不清楚具体的内容，但我能从中感觉到她的焦躁和不安。

我依然每天待在医院，尽可能地多陪伴她，尽可能地让自己适应这里的环境。我已经可以持续睡眠，虽然每天醒来后还是像一夜未眠似的疲惫。

过年的气氛越来越浓，路上的车和人明显比平时增多，入夜，窗外开始有零星的鞭炮声。病房里越发显得冷清，母亲说过年想回家，为此还找了一堆理由，比如家里的电视效果较好，比如要给我们一个有纪念意义的春节，其实，她心里一定在想，这将是她跟我们一起度过的最后一个春节。我相信她真的是想回家看看，或者还有什么事趁机交代一下，我总能从她的眼睛里看到太多的心事。

给小谢去电话原本只是希望她能帮我推荐个合适的保姆人选，没想到，她推荐了自己。几年前，她到省城进修时曾在我家里住过，她说，母亲给过她的帮助她此生无以为报。现在是最合适的机会，她决定放下工作、孩子和家庭来照顾母亲。我觉得这实在不是一个好主意，尽管她的确是最合适的人选。“我能做的不多，而且，我理解你，等老人走了，我们还要继续自己的生活。”最后，说好为期一个月，我处理好北京的工作就立刻回来。

我别无选择。

2012 年 1 月 19 日

如果死亡即刻来临

大清早，母亲说她想吃一种咸菜，但一时说不上名字，只是描述了咸菜的形状、口感和味道，很着急的样子。最近，她总是忽然想要吃某种平时不太吃的东西，而且是那种想到就要立刻吃到的迫切状态。

我说了一个名字，母亲释然地说："说是它。"那是二十多年前，我跟母亲第一次去双阳家做客吃到的一种当地特有的咸菜，样子和口感都极像榨菜，酸辣口味。于是，我给双阳去电话。已经临近中午，听上去他还在睡觉，说是昨晚有脑外急诊，熬了大半夜。他爽快地说家里有，晚上送过来。他虽然离开故乡很多年，但家里总是存着家乡的特产，他是一个恋家的人。

双阳把东西送来的时候，母亲已经休息了。"她总想吃些平日里很少吃的东西，这不是一个好兆头。"说这话时，双阳看上去有些犹豫，他是怕我承受不了这个事实。其实我早已经注意到这个情况，这段时间以来，母亲不时提出些奇怪的要求：烤乳猪、红烧肉、卤豆腐等等，都是平日里她并不大喜欢的，可想到的时候，神情里充满了渴望和期待，买回来吃一小口就再没有兴趣了。

我轻声地应着，心如止水。我被自己的漠然吓到了。累了？疲了？还是真的无所谓了？站在充满欢快的过年气氛的大街上，我听到自己的心跳。如果死亡即刻来临，我会不会惊慌与悲恸？

没有答案。

2012 年 1 月 20 日

味道能勾起的回忆实在有限

昨晚睡得很沉，直到母亲自己起床洗漱，我才醒来。

这几天母亲恢复得不错，可以自己上厕所、洗脸、刷牙，无论如何，这是一个好消息。

早饭时，母亲承认昨天看到双阳送来的咸菜忍不住偷吃了一小片。看着母亲因满足而欣喜的表情，我颇觉欣慰。“怎么不是那种一大块一大块的？”与记忆里的块状相比，此刻的片状其实更方便食用，味道没有丝毫差异，但母亲觉得像是缺了些什么似的遗憾。

或许，她不过是想借由一小块咸菜去佐证二十多年前我与她之间亲密无间的日子。那时，我正值青春，而她风华正茂。终于走出父亲离世阴影的母亲带着我去看望大学同窗好友，我穿着她给我买的白色连衣裙，发型是她喜欢的披肩长发。我们同床共枕，手挽手地出行，决定齐心协力面对未来的日子，相互鼓励着要把没有男人的日子过得风生水起、有滋有味。可是，这样的日子在我的生命中转瞬即逝，短得让我常常想不起我与母亲之间还有过如此无间的亲密。

就像眼前的这碟咸菜，东西还是那个东西，味道、形状、口感似乎别无二致，可在嘴里咀嚼时分泌出来的滋味却与二十年前相去甚远。味道能勾起的回忆实在有限，有限得令人怀疑它的真实性。

2012 年 1 月 21 日

秩序、美与归属感

再过两天就是年三十，母亲尤其在意年夜饭这个形式。外公外婆在世时，偶尔会和从外地赶来的舅舅、姨妈或者表哥表妹们一起过年。后来家里的人越来越少，有时只有我和母亲两人相对而坐，即使面对一桌子丰盛的饭菜也索然无味，但母亲绝不会轻易加入到别人家的热闹中。再少的人也阻止不了她做下一桌的年夜饭。家是她一手建立起来的秩序、美与归属感，只要她还在，这一点就不会被改变。

吃过午饭，我们回家打扫卫生，离上一次大扫除已经很久了。在回家的路上，我热情高涨地想要大干一场，还顺路在花店买了一大束母亲最喜欢的百合花。我想让母亲觉得，她不在家的时候，我们依然能保持这个家的清洁与温馨，这一定是她乐意看到的。可回到家，坐在洒满冬日温暖阳光的沙发上，我便觉得无法抵挡困倦。这个家好大啊，卧室、卫生间、书房、阳台、客厅、餐厅，还有最难打扫干净的厨房，无数可能藏污纳垢的边边角角，整整一百五十平方米。另外，还有十几盆花花草草需要浇水、培土。这样的工作量，仅是想想都令我泄气。在我离开家的十年里，母亲独自一人生活在这个空间里，经营着她的日常生活，家永远整齐、洁净，她不允许家里有任何杂物、灰尘，即便在她已经病重的时候。

她喜欢带领别人参观她的家，一个房间一个房间地展示和讲解，就像一个成功的设计师在解说自己的作品。听到赞许她的能干、品位时，她从不掩饰兴奋与骄傲。家是她人生中最重要的部分，即便是一个临时的住处，她也会利用手边任何可以利用的材料让家整洁、明亮，所以，家里一定是以白色为基调的，白墙、白纱窗、白床单、白色的家具。在我的记忆里，连一件穿到破了洞的白衬衣，也一定要洗得洁白如新。然而，第一次站到这个空间里，我就没觉得这是我的家，一次次的搬迁，时间的痕迹已经被轻易地抹去，除了那些我和家人们的照片是过去的、旧的之外，一切都崭新得承载不了任何时间的记忆。十年了，这个家依然完美得像是供人参观的样板间。最后，我们也只是很形式主义地把能看到的地方擦干净。离开病房前，母亲特别交代，地板一定要用抹布擦一遍，用拖布擦过的地面会留下难看的痕迹，擦过的地板她总是要迎着光仔细地检查。母亲不喜欢痕迹，不论是时间，还是外力留下的。

而我越来越喜欢痕迹——也许是搬动家具时在墙壁上留下的划痕，也许是沙发上除不去的茶渍，也许是某位来访的客人抽烟时把烟头掉在茶几上的烙印，也或许是因为天长日久形成的某种特殊气味。看到这些痕迹的时候，便能心领神会地想到某个时刻、某个人、某件事，它们是时间留下的记忆，使得家庭成员之间有了某种隐秘的关联。但在这个家里，几乎看不到这些，有的只是与母亲有关的秩序、规矩和个人的审美。她将把这一切留给我、我们，在她撒手人寰之后，她留下的不止是一个物质层面上的家，还有秩序。这让我感到窒息，母亲甚至把这一切写进遗嘱里——这个家我只有居住权，无权对它进行任何改动。

2012年1月22日

今天好漫长

“今天好漫长。”吃晚饭的时候，母亲突然说。

这一天，打针、吃药，偶尔有人探望，顺致新年问候，并没有特别的不同。很久以来，一天二十四小时，疼痛、绝望、挣扎、期待，没有时间的长短，有的只是不断的重复。

2012年1月23日

三个人的年夜饭

吃过午饭，母亲拒绝了护士送来的营养液，她不能让属于她的时间被一秒钟十几滴的速度控制，她想回家，越快越好。

天气出奇地好，天高云淡、气温适中。与前几日相比，街上的行人和车辆明显少了，竟有些冷清。人们已经做好了迎接新春的准备：家在外地的早已启程，全家团聚的已经备下了丰盛的食物，想利用假期出游的已经踏上旅途。

整个下午，我们在厨房里准备晚饭，母亲独自在她的房间里不知道忙些什么，我们不想去打扰她。她急着回家，不仅仅是为了回家过年三十，她一定还有别的事要处理。红烧罗非鱼、黄焖鸡，外加三四个蔬菜，三个人的年夜饭也必须有鱼有肉有菜。如果是母亲，一定会让我们的餐桌更加丰盛，她没有对我们的简略表示不满，只要求我们在开席前到楼下放了一串鞭炮，这是过年的仪式。鞭炮对许多家庭来说，只剩下过节的热闹，但对我们来说，真的是希望赶走在我们家盘踞了快两年的那只怪兽——“年”。

三个人坐在饭桌前，没有酒，没有祝词，只是各怀心事地吃着碗里的饭菜。我努力想要说点应景的话，但没能做到，林木就更不擅长，而母亲似乎也不像过去一样有兴致营造过节的气氛。她一直盼着这顿年夜饭，她喜欢这其中的象征意义，即便只是一种形式也能让她切实地感到作为一家之长的权威。

席间气氛沉闷，吃着吃着，我竟有些走神。还好，春节晚会解了我们的围。我们围坐在母亲身边一起收看这台载歌载舞、欢声笑语、光彩炫目的晚会，电视机前的每个人都努力地想要全情投入到这种欢快与喜庆中，却始终不得要领。母亲一直都用手捂着她的左胸，只要她的手不放下来，我们也会觉得胸口压着一块石头，这样的情况下，那些被投射在电视屏幕上的快乐也就成了一种陪衬，有着塑料花似的虚假。

刚过十点，母亲已经体力不支，安顿她睡下，我们再次保证午夜十二点和明天赶早燃放剩下的两串鞭炮。子夜的那一串意味着把去年的不顺结束掉，而清晨的一串则表示新一年的美好开始，而且最好要抢在别人的前面，因为好运一定会落到最先放鞭炮的人家。我不记得母亲过去是不是也这么重视这些旧传统，但最近她好像处处留意。

林木主动承担起放鞭炮的任务，我则早早地上了床。外面的鞭炮声此起彼伏，但这吵闹声一定不会扰了我今晚的清梦。

一个月来，我第一次睡在自己的床上。

2012 年 1 月 24 日

一屋子的冷清与寂寞

母亲走动的声音把我从梦中惊醒，起床，去看母亲，她正在洗漱。“开门炮放过了吗？”母亲问。

今天是大年初一。小时候，外公会要求我们在除夕夜守岁，然后在初一这天一早带着我挨家挨户地去拜年，穿上新衣服从街头走到街尾，回来的时候，衣服口袋里一定塞满了压岁钱和糖果。当然，一定是磕了不少的头，说了不少的吉祥话。外公走了，老邻居也都失去了联系。

九点不到，母亲就催我给医院打电话，昨天院长特别准许她下午晚些时候再回去，我们都以为她会在家里多待些时间。一个月前，母亲是被我们架到电梯口，然后抬上救护车的，这次她自己走到电梯，自己上了车，还给来接她的司机师傅拜了年。

回到病房不久，来了一群母亲的大学同学，甄叔叔也在其中。他们刚走，母亲中学的同学也来了。两拨人都没有逗留太长的时间，这些天，儿女们都会纷纷带上他们的孩子回家看望父母，老人们都不愿也不会因为别的事耽误这含饴弄孙的时刻。

他们来了又走了，留下一屋子的冷清与寂寞。我盼着明天早点到来，明天舅舅就来了。

2012 年 1 月 25 日

这种渴望在岁月中积攒成了怨怼

我在护士站用微波炉给母亲热汤时，远远地看到一个精瘦的老头儿拖着行李箱走过来。刚过七点，舅舅就到了。

舅舅是独自一人来的，而不是原本电话里说的还有舅妈，这个结果是母亲乐于看到的。听说舅舅要来看她，母亲很高兴，因为在四个姊妹中，舅舅与母亲之间只相差一岁，感情也是最好的。母亲最受不了的是，舅妈一辈子都依赖舅舅，家里的大事小情都是舅舅做决定、去面对，包括工作亦如此，多少有些双职工的便利。这原本只是别人家的内政，母亲却总是看不顺眼，似乎是因为她心疼这个弟弟受了一辈子的累。后来我渐渐明白，母亲虽然享受别人对她的赞美，但她内心深处是那么渴望自己也能像别的女人一样被疼爱、被呵护，这种渴望在岁月中积攒成了怨怼。

直到昨天，母亲还要我问舅舅此行是否他独自一人，结果被我再次断然拒绝。

舅舅径直走到母亲床前，给了母亲一个大大的拥抱，母亲的脸上刹那间浮现出柔软的、虚弱的、渴望的、委屈的表情，我从来没有见过她这个样子。然后，舅舅挨着母亲在床前坐下，让母亲的身体能倚靠着他。这个已不年轻，也不够健壮的男人，给了母亲一个温暖安全的怀抱。整个上午，他俩就这样靠在一起家长里短地絮叨。

2012年1月26日

要不要给母亲一个拥抱？

昨晚，我和林木都住在医院里。今天我们乘一早的航班回北京，接下来的一周只能把母亲交给舅舅，直到小谢来接他的班。

我们三个人在一起向来就没有太多的交流，更何况，我们就要回北京了，谁都知道，这种时候最好少开口，能有效避免分别的伤感。我还担心某句不恰当的表达引起母亲强烈的反应。

刚过十点都睡下了。关了灯的病房里，只有从窗外透进来的一丝微弱光亮，借着这光能大致分辨出屋子里的格局。母亲的病床在比较靠门的位置，我睡的沙发靠房间的一面墙壁，空调对着我呼呼地吹着热风，而另一面墙边摆放着陪护床，是用医院的抢救床改的，很窄。病房里除了空调运转时发出的嗡嗡声，还有给母亲输送营养液的泵工作时的声音，这些机器的声音都很轻微，白天的嘈杂能完全掩盖掉，但在静谧的夜里一切声响都显得清晰而又响亮。护士定时查房，她们的动作都极轻，通常是打开手电筒查看液体泵的状况时，我才知道有人进屋了。从护士进出病房的频率来看，应该过了子夜。

皮质沙发很软，我的身体深陷其中，又因为窄，盖在身上的被褥在我翻身时总是掉到地上，我只能尽量不翻身。林木也在床上不停地翻身，显然，他也一直没能入睡。只有母亲那边间或传来均匀的鼾声。

天还没有完全亮，母亲已经起床去了卫生间，这时应该刚过六点，她总是赶在六点半护士们交接班查房、整理内务，医生们查房之前洗漱完毕且吃完早餐，她决不允许别人看到她蓬头垢面的样子，也不允许自己当着这么多外人的面坐在床上进食。

然而，今天她并不急着吃早餐，只是一个劲儿地催我们走。昨晚已经约好了出租车，司机会在楼下等我们，现在离开病房的话，我们只能在寒冷的大街上等候将近一个小时。母亲不听我的辩解，大概她是希望我早去早回。

实在拗不过她（我何时又真的能拗过她呢），我们只好提前了二十多分钟出门，站在初春冷寂而空荡的大街上等车。

临出门，我在心里挣扎了很久：要不要给母亲一个拥抱，或者在她脸颊上亲一下，再或者说些母女间亲昵的话，哪怕有些肉麻？母亲坐在病床上，看着我，她总是那样看着我——挑剔地、埋怨地、失望地，其中又有些清晰可辨的渴望，她渴望对面的我还像从前一样，一张胖嘟嘟的粉嫩的脸，憨憨地任由她在脸上亲一口、捏一把，然后牵着她的手寸步不离。显然，一不留神间小女孩长成了女人，不再喋喋不休地向她讲述遇到的人或事，也不再缠着她问一些可笑的问题，更不需要她指点如何写出一篇可以获得老师表扬的作文。她只知道，在远离她三千公里的地方，这个长大的女孩有了自己的家，做一份她给不出任何指导意见的工作，在她越来越年迈的情况下，还不肯让她体会做外婆的滋味。

最终我牵了一下母亲的手，似乎还是母亲主动伸过来的，我不过是迎上去握住了她。“我回去处理一下工作就回来，啊。”我的声音几乎是从嗓子眼里挤出来的，因为我完全没有说这句话的底气。“我怎么可以扔下她一走了之，我太心狠，太自私。”我在心里说。

她那双深陷在眼眶里大而有神的眼睛直视着我，评判着我执意的离开。其实，我一直都在接受母亲的评判——作为母亲，她享有这个权力，至高无上的权力。评判一个孩子的成长，这是母亲的特权。

我提起箱子，关上病房的门，没有回头。

/ 第六章 /

眼泪是最没用的

2012 年 2 月 14 日

情人节快乐

回到北京，我的生活恢复了原来的节奏：上班、下班、吃饭、睡觉。我每天往家里打一个电话，隔着空间的距离，通过声音判断母亲的状况。

我们走后的第三天，母亲出院回家，小谢也如约赶来接替舅舅陪护。听上去，母亲的状况趋于稳定，这是大家都乐于见到的。虽然，我们心里都很清楚，奇迹并不总是出现，但平稳地维持现状对于肺癌晚期的病人来说已经是胜利。

有出版社找过我，希望我能重新回去做纸质图书的编辑，相比一个互联网编辑，我在纸质媒体的经验更有价值。我拒绝了，并不是因为网络媒体的薪金远远高于传统媒体，也更有挑战性和前景，而是我心里清楚，我很快又要回去陪伴母亲。对我来说，工作、机会都已经不是最重要的了，失去了这份工作、这个机会，还有新的可能，但母亲走了就再也回不来了。网站的新项目刚刚上线，回来上班又遇上了调整薪金，虽然我这一年来不断地请假回家，但还是涨了百分之十的工资，因此面对老板时我总也不知道如何开口提出辞职。

下午抽空给母亲打了个电话，听上去，她的情况一天比一天好，今天尤其精神，声音里有种压抑不住的兴奋。我照例说了些不痛不痒的话："多吃点东西了吗？""止痛药的量增加了，还是减少了？""疼痛轻些了吗？""下床活动了吗？"母亲一一回答，然后问我："你呢？工作怎么样？"我知道，她并不是真的关心我具体在做什么工作、每天要处理些什么样的问题和困难，她只是想知道，我什么时候能心无挂碍地回去陪着她。但我没法给她一个明确的答案，只好含糊地说："上班下班，没什么特别的。"母亲在电话那头"哦"了一声，就把电话交给了小谢。

"阿姨今天收到十一朵玫瑰花，晚上甄主任还要来跟我们一起过节。"接着，电话那端传来小谢热情洋溢的笑声，"十一朵玫瑰哦，代表一生一世、一心一意。唉，我都没收到过这样的礼物。"调笑中，能听到小谢语气里的失落和妒忌。我这才想起来，今天是西方的情人节。

我以为，小谢如此肆无忌惮地议论母亲与甄叔叔的关系，而且是当着母亲的面，她一定会很不高兴。没想到，电话里变成母亲的声音："都是小谢安排的。甄叔叔哪里知道什么情人节，花店的人把花送来都是小谢去取的，我可不好意思，这么大年纪了还有人送玫瑰。"我想象着母亲脸上的幸福与甜蜜。"这是今生第一次，也是最后一次收到他的花了。"母亲的声音像高原的阳光一样，明媚、灿烂、炽烈，竟没有一点点的悲伤。

"祝你们情人节快乐！"我说，带着一丝妒忌与艳羡——家乡的阳光、鲜花，连同母亲的爱情。

下班的路上，不断有怀抱玫瑰花的年轻女孩和男孩擦肩而过，在城市如注的人流中拥挤着、推搡着前进，地铁通道被黑压压的一片人头塞得水泄不通，似乎错过这个特别的日子就会错失爱情。这一张张在眼前晃动的年轻的脸，写满兴奋、幸福、焦灼和无限的期盼，那些光洁的、平滑水嫩的额头和脸庞带着逼人的青春的朝气。

2012年2月23日

眼泪是最没用的

母亲再度陷入无边疼痛的深渊——左胸肋骨、左后背的大面积，以及左侧乳房持续不断地疼痛，另外，止痛的麻醉类药物带来了严重的副作用：胃疼、呕吐、眩晕，当然，还有烦躁的情绪。除了电话问候，我束手无策，疼痛，尤其是晚期癌性疼痛原本就是医学界一个无解的难题。让我欣慰的是，小谢不仅有专业的护理技术，还比我更加细心和耐心。

虽然，我知道无论她有多么令母亲满意、让我放心，但她不是我，没有人能替代我。

"小谢说了，她想孩子、想家了。"最近母亲越来越多地在电话里谈论小谢，并开始挑剔她，开始表现出各种不满意，而且不断地重复小谢随时准备回去的决定。这一切当然不是事实，事实是，小谢不仅是个好护士、好保姆，她还把自己当成女儿一样照顾着病重的母亲。"我爸我妈和老公都说了，让我照顾好阿姨，她这辈子不容易，你也不容易。别的，我们也帮不了太多。"尽管她如此善解人意，我也当然不会让她放着三岁的孩子不管，而在这里帮我照顾母亲。

写字楼的过道不停地有人经过，这座北京最早的写字楼里进驻了许多家国际大公司，诸如戴尔、可口可乐、宝马之类的，在楼道和电梯里遇到的白领，一个个年轻朝气、衣着光鲜、不可一世。我们这家成立不过三四年的 IT 公司，规模小得不能再小，但我一直以为我都在参与一项极具挑战性的工作，站在一个行业的前沿。这种挑战也许会以失败告终，然而，它给每个人都提供了可能性，改变人们的价值观和行为方式，这就是我喜欢这份工作的原因，而北京才有这样的机会。

如果说，十年前北京对我来说意味着远离家乡，意味着一个外省青年的向往，那么十年的北京生活，已经把我改造成一个职业人。我更渴望用我的经验和能力去实现某种可能性，这一切让我脚踏实地，让我能够在这座充满激烈竞争的城市里自食其力，让我能够获得满足感。但在母亲看来，我依然是毫无根基的浮萍，在“别人的城市”里暂居在自己的房子里，背负着庞大的房贷，买不了车，不敢生孩子，甚至没有一个稳定的工作单位，更谈不上获得那些在她看来是评判一个人社会价值的职称、学术地位和荣誉。她不愿看着她唯一的女儿在不惑之年还这样生活，为了拯救我于执迷不悟的泥沼，她要在有生之年看着我回到她的身边，过上幸福的生活。在那里，有家、有她，和她所熟悉的一切。

我挂了电话，回到办公室，再也无法专心地工作。

下班高峰期的地铁里，满眼都是年轻人，有的在用 iPad 看电影，有的在谈论工作，有的在约晚上的饭局，还有人在电话里倾诉着在这座城市的各种艰辛。我也曾放弃熟悉的生活，像他们一样迷茫过、痛苦过、挣扎过、努力过。十年前为了离开母亲我来到这里，十年后还是为了母亲我要离开。我不知道要离开多久，甚至不知道是否还能回来。想到这些，心里突然一颤，几度鼻子酸楚，眼泪涌到眼眶，都被忍了回去。

眼泪是最没用的。这座城市教会我坚持和忍耐。

2012年3月5日

长辈的尊严

上午，老板一直都很忙，朋友们继续在网上劝我：“父母终归是要离我们而去的，但我们的生活还要继续。”“为什么一定要辞掉工作？是不是可以想一个两全的办法渡过这个难关？”他们都表示，一个已过不惑的女人一年半载后是否能重新回到职场，令人堪忧。更何况北京每年有数以千万计刚刚走出大学校园的年轻人，他们年轻、精力充沛，有极强的可塑性，职业对于他们来说没有任何门槛。

这一整天都如坐针毡，我心神不宁地处理着手里的工作，部门后续的工作都已交代给了其他同事。快下班的时候，老板终于有些空闲，我去了她的办公室。她以为我只是主动找她汇报目前部门的工作进展，因为网站正式上线后，需要不断有新的内容和形式去吸引更多的用户，网站的开发阶段已经结束了，我们的工作显得尤其重要。老板听了一些我的设想，显得有些兴奋，似乎看到了不断努力之后美好的未来。我终于还是向她提出了辞职，我不能总是请假回去，虽然可以通过互联网与同事们保持联系，但这样的工作状态对于刚刚运营的网站是极不适宜的，而且这次我已经不能确定请假时间的长短了。

我在她脸上明显地看到了不满和怀疑，因为她也听说有出版社希望我重回纸质出版，相对于一个以技术为背景的互联网公司，继续从事出版工作我显然更加得心应手。两年前，我们就是在这间办公室里第一次见面，彼此都从自己的专业方向论证了即将开始的项目的可能性和无可限量的前景，虽然一切不过是建立在想象的基础上，但我们都为这种想象所振奋，渴望用这种充满想象力和可能性的方式去改变人们的认知习惯和行为方式。

作为同龄人，同样将父母留在老家，老板终于表示了对我的理解。可她依然不同意我立即辞职，因为一时很难找到人选马上接替我的工作，只能沿用过去的方式——我在千里之外的家里，利用互联网即时沟通的方式继续我的工作。

快一周没给母亲打电话了，因为我没有办法给她一个明确的时间表，而她在电话里唯一关心的就是我什么时候可以回去。我不主动去电话，母亲是不会主动给我打的，这在她看来是作为长辈的尊严。

从电话里的声音听上去，她的情况还算不错，也终于不再坚持去医院接受放疗。“你的事什么时候能有个了断？”母亲的声音有种决绝的严厉和冷静，我握着电话站在阳台上，眼前是一片让人看得心疼的嫩绿和姹紫嫣红的灿烂，春天来了。一阵微风吹过，风夹杂着没有完全褪去的冬的寒冷，我不禁抖了一下。“该回来的时候我会回的，你现在最重要的是安心养病。”我果断地挂了电话。

2012年3月26日

无法准确把握的情绪

订好回家的机票，剩下的时间按部就班地到公司，尽可能在我离开北京之前，把部门的工作安排妥当。起床，挤地铁上班，上网收发邮件，提前准备下半年的工作计划，回复老板有关部门工作的问题，与部分同事开会沟通。

临近中午，手机上显示了母亲的来电，但电话里是小谢的声音。“阿姨的情况越发不好了，吃不下东西，疼痛问题也没有解决，这些日子基本是卧床状态。”她还告诉我，就在前两天，又去医院做了一次骨扫描，情况不容乐观。自从上次挂断了电话，我坚持不给母亲打电话，我不仅理屈而且词穷，我们之间横着令人绝望的病痛，还有某种无法准确把握的情绪让我无力面对。“阿姨说，希望你尽快回来。她想你。”我心里咯噔一下，虽然隔着数千公里，但我知道，此时母亲就在旁边，我甚至能看到她的表情，急切的渴望让她的脸上有着淡淡的潮红和光晕，这一点她遗传给了我，情绪一激动就会脸红，有时红到像是毛细血管就要爆裂。即便如此，她还是不亲口对我说，她想我，她需要我，而是通过别人的口说出来。

其实，订好机票后我已经通知过母亲，仅仅七天，一周的时间她就能见到我，而且我不会再离开她。“知道了，我尽量提前。”挂了电话，回办公桌的时候经过老板的办公室，我没有敲门径直进去，我知道，她会允许我提前离开，尽管这一周的时间里，还有很多工作需要我参与讨论和执行，除了是母亲的女儿，我还是一个公司的职员、部门的负责人。

下午的会议主要讨论了下一阶段的工作，因为这段日子以来，销售部门的工作有了突破，这就意味着，这个项目将会有令人兴奋的前景。

/ 第七章 /

生而向死的无奈

2012 年 4 月 1 日

今天是愚人节

两年前的今天，我乘坐当天第一趟航班回到了家。前一天螺旋 CT 的检查显示母亲肺部有一个包块。“现在还没有确定是良性还是恶性，但情况不容乐观。”甄叔叔的声音明显哽咽着，“你尽快回来一趟，但要有长时间回来的准备，这种时候，没有人能代替你。”当时是午饭时间，我正跟同事在嘈杂的餐厅里吃饭，甄叔叔的声音遥远得有些失真。我立刻去见了老板，还没开口我已经泪流满面。虽然一切还没有结论，影像医学的结论只是虚拟的呈现，一切只有做了病检才是最后的定论，但甄叔叔的语气里尽是迟疑和不祥。

我在医院门口见到了母亲，她站在那里，初春的阳光下我看见的是一位风韵犹存的妇人，除了有些消瘦，我从她的脸上看不到其他的异样。“我说不让你这么快就知道的，甄叔叔就是爱小题大做。”那天我们一起办理了入院手续，一起在饭馆里吃了她最喜欢的汽锅鸡，一起回了家。像每次回家一样，母亲说了很多我不在时家里发生的事。她还是那么精神奕奕，那么喜欢表达。

“不可能，这怎么可能呢？上周末，我还带阿姨和我父母一起去郊外钓鱼，吃农家菜，她的精神很好啊。”双阳像很多人一样不相信母亲会患上了可怕的恶性肿瘤，“你别开玩笑，今天是愚人节。”他总是不知道该如何安慰人。

终于，母亲再也不能给我开门，再也不能站在门口等我回家。她躺在床上，已经很久没有下地走动了，看上去又消瘦了不少。

2012年4月2日

死亡就像突然站到了眼前一样

母亲左胸的疼痛还在继续，左侧身体因淋巴循环、血液回流不好开始出现肿胀，除了平躺，再没有其他体位是舒服的，坐或站都因左胸的积液致使身体失衡而感到沉重，她的呼吸更加困难，已经完全依靠氧气瓶的供给。除了坚持一日三餐正常的进食，止痛药、胸腺肽、石斛、孢子粉也是必须的。我从来没有见她给自己吃这么多药，只要有助于改善癌症病状、能增加身体免疫能力的，她都照单收下，并一丝不苟地服用。无奈消瘦仍在继续。

下午家里来了很多母亲的同学，她们受母亲的委托来置办寿衣。不知道是谁说服的她，让她接受中国人去世后穿特定寿衣的想法，漂亮不漂亮并不重要。“她什么都不懂，你们帮我买的我都满意。”当着我的面，母亲拒绝了阿姨们让我一同去挑选寿衣的建议。

现在，她们一件件地展示衣服，讲解衣服穿戴的顺序和其中的寓意。母亲微笑地听着，点头，没有悲伤，像是在讨论别人的事，然后吩咐我收好。面对这一堆衣服，死亡就像突然站到了眼前一样清晰可见，之前，它还是隐约地、捉摸不定地、若即若离地游荡在我们四周。

除了这一堆衣服，我收到了朋友们寄来的书——《西藏生死书》《返璞归真（纯粹的基督教）》，两个不同宗教信仰的人不约而同地想到，通过宗教来帮助我这个近乎“迷失的羔羊”去勇敢地面对生命和死亡。

对于宗教可能带来的解脱，我没有期待，但我愿意读一读朋友们寄来的书。

2012年4月3日

波澜不惊，甚至无动于衷

小谢要走了，回她自己的家，孩子、爱人和工作都在千里之外等着她。临走时，她拒绝接受我们付给她的报酬，她这么解释："我妈说了，这种时候你们最需要帮助，能帮你们过了这道难关是我们最高兴的事。"我解释说这只是一点心意，她给我的帮助绝不是可以用钱去衡量的。小谢又说："临来的时候，我妈和我姐都说了，阿姨走了以后，东风农场就是你的家，你随时都可以回来。"我的眼泪马上就要夺眶而出，我顺势弯腰去捡掉在地上的那张纸。

大概是因为最近的睡眠差到了极点，我每天都觉得疲惫，没来由的疲惫。面对母亲每天重复的疼痛描述，我也表现出了令她不能容忍的疲态：面对母亲的不满和责备，面对她深情款款的母爱表白，面对旁人的同情，我的内心都波澜不惊，甚至无动于衷。

小谢走了，也带走了她无拘无束的笑声，家里再次剩下我和母亲。

开始，我以为自己可以应付自如，但很快发现，必须再有一个帮手才能让每天的生活更为有序和顺利，否则，就在我出门买菜的工夫，如果恰好有人来看望母亲，连开门的人都没有。更何况，母亲会有些突发奇想，比如，把房间里那只装满了东西的柜子挪到她的床头，这样可以把暖水瓶放在上面，好让她随时取到，而不是等我放下手里的工作再去帮她，哪怕只是一两分钟的时间，母亲也不愿意等待。再比如，母亲已经瘦得皮包骨头的身体对床垫的要求堪比豌豆公主，已经试过无数种床垫，都不能让她觉得舒服，我建议把沙发上的那块厚海绵改成床垫，或许效果不错，因为母亲躺在沙发上觉得舒服很多。这些工作我一个人应付起来实在吃力，而且母亲只要想到就要立刻实现，她可不管是否具备实现的条件。

2012 年 4 月 4 日

无忧无虑的快乐

连着试用了两个保姆，都是看起来颇有经验的中年妇女，但都没超过一顿饭的工夫，便以不同的借口拒绝了这份工作。母亲敏感地认为，她们是嫌弃照看她这样的病人，因为麻烦和害怕。这对母亲是一个很大的打击，她一辈子都希望得到别人的肯定和喜欢，而不是被别人视为麻烦。

今天来了个小姑娘，还不满十六岁的小月，在老家连初中都没念完，稚嫩的脸上写满了对未来的憧憬和这个年龄特有的惆怅。一年前，她家里新盖了两间砖房，这明显给全靠父亲在外打工挣钱的家庭又增加了新的经济压力。小月母亲提出，如果她能考上县一中，就继续供她读高中，因为只有考上了县一中才有希望考上大学，否则，她就得退学以确保弟弟能顺利完成学业。上小学六年级的弟弟比她聪明，学习好，又是男孩子，是家里的希望。初三上半学期结束后，小月自动退学，连初中毕业证都没有拿到，班里很多同学跟她一样。男生退了学去城里打零工，挣钱贴补家用；女生则到城里当保姆，然后希望遇到一个好男人，嫁人生子，再重新回到家里做全职妈妈。“村里那些念了大学的人，还不是找不到好工作，有的最后也一样做保姆、在餐厅当服务员，我为什么要浪费时间去读书？早点挣钱能减轻一些家里的负担。”这个未满十六岁的孩子道破了一个令人不安的现状，他们已经不再相信“知识改变命运”。

其实，小月在家里的日子也跟城里同龄人一样，除了念书，父母并没有让她承担过多的家务劳动。她不会使用燃气灶，不知道加多少水才能煮出软硬适度的米饭，更不用说做顿可口的饭菜。好在她还小，有极强的学习能力，对我来说，最重要的是：她快乐，只有她这个年龄段的人才有的无忧无虑的快乐。即便上一分钟她还在为家里的经济表现得忧心忡忡，但转身就可以高兴地唱起周杰伦的《青花瓷》。

2012 年 4 月 5 日

人终归是要死的

母亲的疼痛还在继续，左胳膊也越来越肿胀。请来会诊的主任没有给出一个明确的诊断，更没有对症的治疗方案，说了些似是而非的话就走了。

“我不怕死，人终归是要死的，我只是希望别再让我受这么多苦。”之前的检查表明，癌细胞已经大面积侵入骨骼，母亲已经没有办法直立，她不得不屈服于深入骨髓的疼痛，左侧身体的肿胀或者左侧胸膜的粘连致使整个身体左倾，从而失去平衡。二十多年前，我目睹过这样的场面，只是那时的父亲从来没有向我们倾诉过他的疼痛，他甚至拒绝使用任何麻醉药品，因为他担心这会损害他的神经系统。一个优秀的外科医生必须具有敏锐的头脑和灵活的手指，对病患身上表现出的危险做出及时和准确的判断。我越来越多地想起父亲，他留给我最深刻的印象竟然是他最后的日子，我没见过他因为疼痛皱眉、呻吟、叹息、抱怨、暴躁，如今我回忆起他，总是他乐呵呵的样子，虽然消瘦使他的笑容有些可怖：眼窝深陷、双颊空洞而又干瘪。

小月完全是一个孩子：正在扫地的她会被电视剧吸引住，手里拿着扫帚却全情投入到主人公的喜怒哀乐里；派她去市场买点炒菜需要的配料，她能因为看到路上的某个突发状况而忘记自己的任务。可她与母亲的相处很融洽，母亲的房间里不时会传出她的歌声或读书的声音。母亲在身体不那么难受的时候，会教她唱一些二三十年代的歌，或者让她读一些她完全无法理解的文字，偶尔，母亲还会跟她谈谈她的家庭，告诉她一些做人的道理。

小月的出现，比正在读的两本书对我有更实际的帮助。

2012 年 4 月 6 日

你会害怕吗？

记不得是哪本书里说过："黄昏时人最脆弱也最易感。"每天晚饭后，服下当天最后一次止痛药之前的那段时间，是母亲情绪最差的时候，因为上一次的药效已经挥发殆尽，而下一次的药效还没开始发挥作用。

在《新闻联播》开始之前，母亲再一次回顾了自己的病程，从她年轻时患过的支气管炎，到每年例行体检因 X 光胸片的盲区导致没能及时发现病灶，再到确诊后每一次治疗方案的错误。所有的一切只是为了表明她永不踏进医院的决心，她要在这个她亲手建立起来的家里等待死亡的来临。母亲对于医院可能给她的帮助已经不抱任何希望，只想在她自己的家里度过剩下的每一分钟。"你会害怕吗？"她看着我，在拉着密不透光的窗帘的卧室里，在柔和的灯光下，她的脸庞被一层迷蒙光晕笼罩着。"我这个年龄也算是老人了，家里有老人过世算是喜丧。"她自语道。

我沉默地旁观着她病入膏肓后的痛苦、面对死亡的恐惧和对生命的不舍，想说点什么，但又不知道应该说些什么。

2012 年 4 月 7 日

一个不可能实现的愿望

日子如常地流走，一如我现在的心境——安静得只能听到自己的梦呓。

除了按时上线处理公司的工作，就是做饭、陪母亲说话，等她休息的时候便阅读《西藏生死书》，对于那些可以平静对待死亡的民族，我越来越心生敬仰，我从来没有这么急切地想要知道，如何才能达到这样的境界。

母亲突然把我叫进屋里，交给我几张写满字的纸。之前，我就听说她写好了两封信，一封是给家人的，另一封是给朋友、同学、同事的，她在以文字的形式向人世间那些她在乎的人们告别。我接过来的这封是写给家里人的，她要我帮着修改。也许她是想用这种方式让我读到这封信，以免大家都过于伤感；也许她是用这种方式承认她对我的文字能力的肯定，她几乎穷尽一生反对我作为一个文学爱好者和写作者的姿态和追求，尽管我在中学时代，经母亲的指点完成的作文总能得到老师的肯定和好评。其实，母亲是一个热爱表达的人，我对表达的热爱无疑是从她那里继承下来的。

那封写给好友们的信复制成无数份，就放在她的床头，来探望她的人临走时都能得到一份。已经有不少读到这封信的人为之潸然泪下，我一天无数次从那堆纸张旁边经过，却视若无睹，我不想知道里面的内容。对我来说，把眼前的每一个小时都过得轻松和快乐才是最重要的。我小心地说话、走路、做饭，仔细观察母亲脸上的每一个表情，我要求自己尽可能不让她因为我再多皱一次眉。

我在电脑前坐下，在键盘上一字一句地敲打，把一个个方块字连缀成一个个句子，再把一个个句子组成一段段文字。

“你长大了也当一个医生，当一个优秀的外科医生，好吗？”那天晚上，我和母亲告别了躺在冰冷的太平间里的父亲，回到家，我们相互依偎着躺在床上，我在母亲的臂弯里感受她皮肤的柔滑，闻着她身体散发出来的特殊香味。自从父亲住进医院，我只有周六和周日才能在病房里见到他们。那夜，母亲的身体那么温暖，我有些昏昏欲睡，可她的话让我睡意全无，我使劲地点头，尽管我在心里对自己说：“这简直就是一个不可能实现的愿望。”记事以来，我从来没有喜欢过医生这个职业，对我来说，医生就是没日没夜的手术和急诊，就是在饭桌上也要互相询问昨天的手术病人是不是已经放屁，就是没完没了的职称考试和晋升。我习惯来苏水的味道，习惯白大褂下面的威严，习惯无影灯下没日没夜的忙碌，但我从来没有想过这些会跟我有什么关联，这只是我父母的职业。母亲的眼泪滴在我的脸上，我听到她在抽泣。我也害怕地哭了，但不是因为死亡，那时的我还不明白，死亡对我意味着什么。

我稍稍做了一点语句上的修改，尽可能地保留信的原样。这是母亲的，不是我的。

2012 年 4 月 8 日

傻丫头

冲突是从下午开始的。这些天来，母亲向我抱怨，自从我上次走后，双阳和他父母就再也没来过，连个电话也没有。我知道，双阳每天都忙着手术和会诊，上初中的女儿都交由爷爷奶奶照顾。对两个老人来说，一日三餐已经忙得不可开交。接到我的电话，双阳一再解释："我真是太忙了，心里想来着，却总是找不到合适的时间。"

一进门，双阳妈妈就把一大堆吃的塞到我怀里，说："傻丫头，饭也不会做，这下妈妈病倒了，看你吃什么？"怀里的东西有牛奶、咸菜、零食，一应俱全，我鼻子有点发酸，双阳妈妈又一把将我揽进怀里，又叫了我一遍"傻丫头"。这三个字几乎成了她对我的昵称。

我被双阳妈妈拉着进到屋里，双阳爸爸正在读那封母亲写的信，房间里显得有些沉闷，那种寂静的沉默里仿佛有死亡临近的脚步声，我不喜欢这种被母亲反复营造的气氛。我开始喋喋不休地说话，用我的方式去打破房间里沉重的、悲伤的、生离死别的气氛。母亲倚在床上，用她惯常的、若有所思的表情注视着我，又像是在刺探我此刻语言和行为背后的秘密。从进门起，双阳妈妈就一直拉着我的手，此刻也没有松开。“我们说好了，今天她正式做我们的干女儿了。”说着，双阳妈妈又一次把我揽过去，用手掐我的脸。我笑着，没有躲闪，我早已习惯了这位眼科医生的表达方式。母亲一辈子最后悔的事就是没能生一个儿子，而有两个儿子的双阳妈妈最大的遗憾是没能养个女儿。我看到母亲眼中闪过一丝妒忌和不满。

读完信，双阳爸爸抬眼看了看我们，不露声色地加入到我们正在谈论的话题中。

晚饭时间，母亲留给小月照顾，他们把我带到外面的餐厅吃饭。在他们看来，我有必要放松一下，长时间独自照顾病人，身体和精神的压力都太大。刚离开饭店我就接到母亲的电话：“我今天特别不舒服，你早点回来。”语气是那种不容辩解的果断与决绝。晚上外出超过十点还没有回家，就会接到母亲的催促电话，我已经习惯了，但今天不只是催促，还有种含而未露的怒气。

一进门，病榻上的母亲就开始交代后事。两个月以来，她已经不止一次地交代过，虽然每次内容稍有不同，但核心思想总是我必须尽快结束北京的生活，回来住在她的房子里，过她希望看到的生活。因为激动，母亲显得有些虚弱，当她的讲话终于告一段落时，我果断地阻止了她将继续重复的谈话。“太晚了，您先休息吧，我们明天再谈。”说完，我走出了她的卧室。

2012 年 4 月 9 日

我要自行了断

夜里起来了三次，每次走到母亲卧室门口，门都是关着的。她坚持说自己睡眠差，外面的任何响动都会影响睡眠质量，所以睡前都要关上门。每次我都是站一会儿就离开了，母亲是病人，但也是一个有着四十几年行医经验的医生，我相信她对自己病情的判断。

推开卧室门的时候，我还是很害怕——我承认，我并不坚强，即便经历再多的生离死别，我还是对死亡怀有恐惧。我没有宗教信仰，我不相信有天堂可以去，也不相信生命的轮回，我只感到虚无带来的恐惧。

看上去，母亲比昨天虚弱。没等我开口，她就开始描述昨晚的疼痛，痛苦再次扭曲了她的脸——深陷于眼眶的双眸除了对疼痛的厌恶，还有对死的恐慌和对生的留恋。“我熬不下去了，我要自行了断。”没有得到我的回应，她接着说，“我已经以最大毅力来坚持了，我受不了了。”如果没有昨晚的一幕，如果母亲没有医生这个职业背景，如果不是已经经过了两年的挣扎……总之，我相信了她的脆弱，相信了她的决绝。刚刚过七点，我给林木打电话，让他立刻订了最近的航班，我没有勇气再独自面对即将来临的一切。

但生活还要继续。九点钟我出门买菜，让小月陪着母亲，这个不谙人事的小姑娘以她局外人的身份面对母亲时，没有任何负担，她的天真可以轻易化解人世的种种不幸和痛苦。像对待之前的钟点工和保姆一样，母亲不让我告诉小月实情，因为考虑到小月还不满十六岁，这次我同意了。半小时后，回到家，母亲开始跟我讨论中午吃什么、怎么吃。看上去，她没有那么疼了，她再一次坚强地面对着癌症晚期的疼痛，也抵抗住了脆弱内心的绝望，总之，她重新对生活挑剔地提出了要求。

林木已经向单位请了假，推掉了采访，正在赶往机场的路上。好吧，多一个人总比独自面对更有力量，至少，让母亲觉得这个女婿并不像她认为的那样不近人情、内心灰暗、冷漠自私。

吃过午饭，甄叔叔也来了，按常规来说，今天不是探病的日子，他接到母亲的电话急急忙忙地赶过来。晚饭前，林木也到了。对于他的到来，母亲表现出异乎寻常的平静，我预想的是，她会责备我大惊小怪。事实是，对于上午她还在痛骂的女婿的突然出现，似乎只是预料之中的结果。

四个人围坐在餐桌前吃了晚饭，席间，只有小月在叽叽喳喳地说话，她对这位第一次见面的叔叔充满了好奇，在她看来，能把自己写的字变成铅字印在纸上的人都好厉害。在学校，她喜欢的语文老师也从来没有写过能印在报纸上的文章。

甄叔叔离开之前，母亲的情绪都很平稳，如常地扯些不咸不淡的家常，评论两句电视剧里刻薄的婆婆或者媳妇，偶尔因为甄叔叔的一两句话露出些笑容。

把母亲安顿好，躺在床上，我感到无比疲惫。

2012年4月10日

生而向死的无奈

晚上从外面回来，看到门口多了两双女式皮鞋，知道有人来看母亲。原本想借这个机会去书房待会儿，上上网、翻翻书消磨这个难得平静的夜晚，结果，我还是被母亲叫去见她的客人。

两人都是母亲退休前的老同事，其中一人的面孔已经有些陌生，说过名字后，我在心里还原了她从前的形象——饱满的圆脸、披肩长发、高挑个子，果断干练。如今，齐耳的短发衬着一脸的岁月留痕，精心挑选的浅灰色羊毛外套遮掩不住发福的身体。

三个女人热烈地回忆她们曾经一起工作的日子，某次关于疑难病症的争论，某台手术中突发事件的处理，某次集体郊游的某个瞬间。在她们的话题中，母亲是理所当然的主角，在那段她人生最得意也是最低谷的日子中，父亲病逝的阴影和她错误的专业转型构成了她晚年内心灰暗的基调。没人能知道，在无数个独处的夜里，她有多少时间是在黯然涕零，对于她的一生来说，失去父亲，失去的不止是爱人，还失去了人生一次次抉择时的正确意见。她享受着别人对她聪慧、能干、美丽的赞美，但内心却始终有一种无人能解的痛苦，她在其中沉沉浮浮，这种痛苦用常年的失眠表达出来，又郁结成肺部的占位性病变，她终于被击倒了。

春夜的寒冷也难掩母亲热情、欢欣的眼神和语调，看着她因为激动而红润的脸，我一时忘了她的病情，忘了昨天还让我揪心的哀告。我的出现打断了她们正沉浸其中的回忆。“你太像你父亲了，所以主任看见你就由不得不高兴。”她们依然沿用单位职务来称谓母亲，继而，她们转为回忆父亲重病时，父母间的亲密与体贴，以及我们这个家庭的欢乐和美。隔着时间，我们回望二十年前的一切，幸福、欢愉、欣喜、振奋充盈着整个房间，氧气瓶咕嘟咕嘟地唱和着这转瞬即逝的轻快。

两个小时的谈话对于重病卧床的病人来说，实在有点久了，甚至我都已经有些倦意，但直到客人们起身离开，母亲还满脸红润、语调高亢。一切终将归于平静，母亲也将继续独自面对病痛与死亡的临近，如母亲的感慨：“她回来又有什么用，也救不了我。”母亲的嗔怪是因为我无论从医学还是精神上都不能给予她任何帮助和抚慰，也是生而向死的无奈。

2012 年 4 月 11 日

最深情的情感表达

“小月说，叔叔做的菜可好吃了。我还没吃到林木做的菜，他就要走了？”母亲说这话的时候，像是试探，也像是埋怨。

林木刚下飞机就接到两天后的采访通知，昨天他说：“我们还有房贷要还，生活也还得继续。我代替不了你，只好让你独自在这里坚持了。”我面临的不是继续独自守护的艰难，而是如何向母亲说明林木短暂停留的无奈。十年前，为了告诉母亲我们将去北京生活的决定，两个成年人像做错事又不得不去向家长坦白的孩子，心里忐忑着，担心坦白后面临的惩罚。我们互相推诿，谁都不愿去面对病床前的母亲。这次是小月解了我们的围。

“你不走吧？”母亲看着我，眼神里的问号更像一把利剑直指我的命门，“你怎么可以在这样的时候抛下我不管，跟着他回北京！”林木也解读出母亲内心的这句潜台词：“十年来，妈都没能原谅我。在她眼里，我就是把你从她身边拐走的人贩子。”这十年中，我们无数次假设过如果不是因为林木而离开家乡，离开母亲，那么我如今的生活会是怎样的一个局面。从那些没有离开家乡的同龄人身上就能反观到，这种按部就班的生活并没有太多的想象空间。我会继续留在杂志社，继续我的编辑工作，有一个生活水平中等偏上的家庭、一个爱我的丈夫，应该还有一个孩子。我所有的生活重心就是给孩子找好幼儿园、好小学、好中学，然后盼着他考上一所好大学。我和母亲之间偶尔还会有些小的冲突，在对待孩子的教育问题上，在购置某个新楼盘的房子时，在我是否应该掌控家庭的所有收入时，也或许，只为了我是不是应该穿某件在她看来不那么得体的衣服时。在北京十年所经历的一切，是连我自己也没有想到的，“你对自己的选择后悔过吗？”有朋友这样问过我。“来北京，我知道我失去了什么，但不来北京，我永远也不会知道错过了什么。”我回答。

母亲对于林木独自离开并没有表示太多的意见，这三天对她来说，并没有特别的不同。林木除了买菜、做饭，就是待在书房里上网，处理他的工作，偶尔到母亲的房间里也只是日常的问候，他从来都不知道该如何跟这位岳母达成更亲密的关系。他生长在一个大家庭中，他的母亲是那种典型的家庭主妇，一辈子操持家务，对于家里的大事小情从来不参与意见，在儿女们的成长过程中，她只是沉默地给予关注，孩子们自己决定的事，她也从不阻挡。唯一一次，对于林木毕业后想要继续留在北京生活的想法，她扮演了“母病重速返”中佯称生病的母亲，结果，发现被骗的林木还是坚持回到北京。林木母亲平静地接受了这个事实，就像她心有不甘但还是接受了我们没有孩子的事实。我见过这对母子之间最深情的情感表达，就是在临走前，林木拉了拉她母亲苍老而又粗糙的手，说："妈，我们走了。"而她轻声地问："天凉，衣服穿够了吗？"

"妈，有空我再回来看您，您安心养病。"林木走过去搂了搂母亲的肩，十年来，他们在一起生活的时间加起来不过两三个月。看上去，他们更像是两个仅有过一面之缘的陌生人。

/ 第八章 /

人生就是一次旅行

2012 年 4 月 12 日

如何才能视死如归

母亲不再用“一次吃五十片，还是一百片安眠药”才能结束生命的问题吓唬我，也或许，她再这样说，我还是会惊慌失措地四处打电话寻求帮助，好像这种时候我比她更胆怯，死亡离我更近。我忍不住问过甄叔叔，是否有必要把母亲床头柜里的麻醉类药物收起来，以防她真的把它们全部吞下，因为她储备了足以让一只大象昏迷的麻醉药量，这是足以置人于死地的剂量。“她不会这样做的。”甄叔叔肯定地说，他在谈论母亲的时候，总喜欢使用“我们都认识半个世纪了”这样的定语，所以，我没有理由不相信他对于母亲的判断。

一天服三次止痛药和各种维生素片，以及据说能提高身体免疫能力的孢子粉、石斛粉或者其他什么粉剂，她从来没有像现在这样相信一切来自于民间的药方，即便是她抱以怀疑与不屑的中草药。同时，她比我们都更清楚地记得每周两次注射胸腺肽的时间，只要死亡还没有真正来临，她内心就坚定地认为，她还有恢复健康的可能，即便只是可能，她也不允许自己放弃努力。

这些天她的情绪很稳定，虽然，身体左侧的淋巴回流问题没有得到控制，左侧手臂的肿胀已经从大臂向小臂延伸。

上午我去医院给她开了一些止痛药，吗啡、加巴喷丁、羟考酮都快没有了，这都是母亲每天赖以控制疼痛的药品。在我看来，母亲对这些药物产生了轻微的依赖，因为在某些兴奋的状况下，她会长时间忘记疼痛，只是我无力为她营造这种能令她兴奋得忘我的气氛。

有时看着病榻上双眼紧闭、愁绪满布的母亲，我便自问，如果换作是我处在她的状态，会是怎样的情景——满心感激地回忆一生中的幸福时刻，那些给过我幸福的爱我的或者我爱的人，那些读过或者写过的句子，那些让我觉得生命没有虚度的成就，还有呢？面临死亡，我该如何才能视死如归？或许我更加脆弱，更加怨天尤人，抱怨命运的不公，早已用自杀来与死亡讲和。

《西藏生死书》已经读了两章，但依然不得要领。

2012 年 4 月 13 日

因为你的世界没有神

吃早饭的时候，我告诉母亲，陆沉要来看她。昨天他来电话，说今天来省城出差，抽空来看看母亲。

第一次见面，陆沉就说母亲面熟，令他想起七岁那年一位给他治过病的女医生。“圆脸、大眼睛、长辫子、个子不高，我印象最深的是她穿白大褂的样子。在孩子的眼里，白大褂有种天然的威严和冷漠，让他们联想到打针吃药，都是关于疼痛和苦。但穿白大褂的郑医生是那么好看。”陆沉所说的那个时间段，母亲的确参加了一支在陆沉老家从事防病治病的医疗队，但母亲不姓郑。“郑医生回省城后，还给我写过信，寄过东西。”后来，我们之间聊天时，他都把母亲称为“郑医生”，这是我们之间才能明白的指称。“如果不是郑医生，我早已经命丧黄泉了。”

在我的朋友中，陆沉是那种不常联络，但只要想起他，他总是在那里的老朋友。大学毕业，他回了老家，在报社做记者，然后结婚，为人夫为人父，业余时间里养花弄草下围棋，偶尔还会写诗。这些年，他看着我往返于故乡与北京之间，从不问我过得好不好，从来不主动打电话谈论他自己的生活，见面时，也总是我说他听。我忍不住揶揄他都快活成出土文物了，可他只是笑，那种几乎没有什么热度的笑容是他标志性的表情。他唯一一次主动关心我，只问了一个问题："这些年为什么不生个孩子？"在他看来，我一定是那种不肖子孙。毕业那年，以他的成绩完全可以留校任教，但为了半生守寡独自抚养他长大成人的母亲，他回了老家，因为母亲不愿意搬离父亲留下的老宅。后来，又是为了母亲，他娶了邻村的一个姑娘，因为母亲喜欢。

这两年里，他只要有机会就会来看母亲，有时帮着母亲给花培土，经他的手，濒临枯萎的花重新绽放；有时陪着母亲聊些家长里短：可能是小时候养过的一只狗，也可能是某个亲戚家的趣事。这种时候，我就觉得，母亲真的就是当年的"郑医生"，陆沉真的就是那个她救治过的孩子，他们终于又遇见了对方。

几年前，陆沉患老年痴呆的母亲去世，他把母亲葬回祖坟，与早逝的父亲合墓。每次他去看父母亲，要开三个小时的车，还要走一小时的山路。"我现在每个月都想去看我妈。"我见过他的母亲，一个典型的农村妇女，瘦小、沉默、做事果敢麻利，还有种不易察觉的精明，曾是十里八乡有名的能干媳妇。她永远都对那些有可能把她唯一的儿子从身边带走的人充满警觉和敌意，这种时候，她目光中的审视总是让人敬而远之。

"母亲去世后，我受了洗。主让我内心平静，觉得没有那么孤单。"陆沉没有问他给我寄的书是否读了，但他一定注意到了摊在桌上的《西藏生死书》。"我们的一生中会面临三个难题：情义、财富，还有生死。死亡是人生中的一件大事，我们每个人都要面对，是个绕不过去的坎。当至亲的人离我们而去时，宗教能让我们获得平静，我们都是普通人，都需要主的帮助。有了神，你就不会害怕。”

陆沉说得对，我是害怕死亡。很多年前，有一次游泳溺水，被救上岸后出现了短暂的昏迷，那是我离死神最近的一次，但我没有感到恐惧，只是想到自己要与这个世界擦肩而过，不免有些遗憾。然而当身边的人纷纷离去时，我一次又一次地感到了恐惧，父亲、外公、外婆，现在可能是母亲。我再也见不到他们，再也不能感知他们的世界。陆沉说：“那是因为你的世界没有神。”

2012 年 4 月 14 日

年轻总是让人觉得充满希望

收到林木给我寄来的《马雁散文集》和《马雁诗选》，素白的封面上有作者的素描小像。我拿在手里看了很久，想起马雁的样子。有一年夏天在北大校园里，我与她有过一面之缘，那时她还没有毕业，穿素色的T恤和长裙，是让夏天显得凉爽的那种素色。我印象最深的是她的人字拖，那时候，年轻的姑娘在夏天穿着人字拖满世界跑是种时尚，我却还不习惯穿。忘了为什么事跟着林木去找她，她的样子很深地留在我的脑海里，高挑的个子、圆脸、短发、笑盈盈的，总不能把她跟四川姑娘联系在一起，好像她身上没有四川姑娘温婉外表下的泼辣，反而有种她那个年龄的人没有的自信和从容。当时我想，或许北大学生都这个样子吧。

后来在一次诗人聚会上见过她，远远地，没有什么交谈，再后来听说她回了成都。北京就像一个大码头，总是人来人往，任何人的到来和离开都不会让人觉得有什么特别。周围的朋友偶尔会说起她，还有她的诗歌和散文，直到半年前，听到她的死讯。

好长时间，我都无法把死和她联系起来，她太年轻，刚刚三十岁。她去世前夕，在一些诗歌朗诵会上我还见过她，她看上去精神状态不是太好，但我只是觉得，她那么年轻，慢慢调整就会好起来。年轻总是让人觉得充满希望。

因为有过一面之缘，翻看她的文字好像有了可以顺利抵达的密钥，心有戚戚起来。

其中有一篇写母亲的离世，文字记录了母亲去世后，作为穆斯林一些特定的仪式，阿訇诵经、烧香、在脸上盖一块念过经的手帕。从来都反感仪式的我，觉得仪式让人不得自由，但今天才觉得仪式能让人感到安全、妥帖。她还写会经常梦到母亲，频繁梦到的时候她就去墓地看母亲，因为她相信，那正是她们相互需要的时候。书中还写道，她偶尔会穿母亲留下来的衣服，看镜子里的自己，觉得比母亲长得有福相，但没有母亲的影子，只是自己。

最后，她写到一个我们共同认识的朋友——马骅。几年前，他从北京去了云南，在一个乡村小学义务做了两年老师，就在他打算回到城市，或许继续回学校读个研究历史或者古典文献之类最没用的专业时，出了车祸。那天，他去县城给学生买粉笔，可能还顺便去了一下网吧，结果回来的路上出了车祸，车翻到了澜沧江里。那天正好是端午节，人们沿着江找了好远，没有找到。有一阵，我看到什么都会想起他，然后就很伤感，因为他是我到北京后认识的最重要的朋友，没有他就没有现在的我。后来我也不时地梦到他，有一次，在梦里他穿着一件橘红色的衣服，水淋淋的样子，一脸的笑。我总说要去那个村子看他，村民在村子的公路边为他修了座白塔，那是藏地给予逝者的最高待遇。我一直没有去，也不知道自己为什么那么忙。

马雁写这篇怀念母亲的文章时，马骅已经掉到江里好几年了。她说，有时候她想把对母亲的那些怀念告诉马骅，或许她并不相信马骅死了。至少，我是这样认为的，我们只是没有找到他而已。

小月对我看的书都很好奇。刚来的时候，她对书房里有那么多书表现得十分兴奋，她说她只见过他们学校图书馆有这么多书。母亲表扬她爱读书，虽然在她看来偏好文科的女孩子普遍是因为她们不好好念书。她从不认为，文学也是一门学问。小月让我给她找泰戈尔的书，我给她找了《飞鸟集》，后来我才知道，那是因为她喜欢的一个男生喜欢念泰戈尔的诗，很快，她就把书插回书架了。

小月拿起桌上的书，指着封面上马雁的小像问我："这个姐姐写的书啊？"在她看来，写书的人都不应该太年轻，我没告诉小月，我们买她的书不只是为了读，还为了纪念她。小月眼睛里放着光，抱着马雁的书边朝母亲的房间走边说："奶奶，这是阿姨的一个熟人写的书。"很快，小月从屋里出来，把书放回原来的地方，返回卧室给母亲按摩，顺便陪她看电视连续剧去了。

2012 年 4 月 15 日

我依然是一个暂住者

安顿好母亲的起居饮食，早上七点半，我出门买菜。

在楼道或者电梯里没有遇到邻居。我们这个单元一共十三层，每层只有两户，电梯直达地下停车场。换作在北京，这个时候电梯里会挤满上班的成人和上学的孩子，再过一会儿，则会挤满推着孩子去公园里玩耍、操着各地口音的老头老太太。所以，别人早已经奔波在路上时，我却刚出门，自己都觉得极不妥当。在我们这个年纪的人看来，不工作像是低人一等。

穿过小区一栋一栋安静的居民楼，太阳已经升得很高，明晃晃地直射着地面。院子里的树和花草用了十年的时间扎下根，高原上的植物总是生机勃勃的样子，好像从来都等不及枯萎和发黄，新的已经代替了旧的。此时的北方，经过了一个冬天，树才刚刚发出新鲜的嫩芽，太阳一照，树叶透亮透亮的绿。

出了小区门，再穿过一条杂乱的街道，偶尔会遇到提着菜篮的妇人。像这座城市的节奏一样，她们步伐慵懒，这与我有着气质上的投合，但十年的北京生活已经让我对这种节奏有些陌生。

在不多的行人中，我显得步履匆匆，其实，像她们一样，我并不需要赶时间。很快到了那片有两个足球场大的菜市场，这里一天到晚都有人卖时令蔬菜、肉类、活鸡、水果，以及各种配料，总之，厨房里用得到的，这里几乎都能买到。

在北京，我很少去小区的菜市场，除了没有时间之外，还因为在那里走十个摊位有九个都是重复着同一个品种，而且一眼就能看出都来自山东某个蔬菜大棚，那种鲜亮不免让人生疑，没有虫咬，大小相近，连蔬菜的绿和红都有着恰到好处的完美。当然，如今大棚种植已经十分普及，这里也一样，可总能在某个位置见到那些风雨无阻的老人家，他们的菜看上去要瘦小一些，而且有许多显而易见的斑点，那是他们在自家菜园里种的，施用的也是传统肥料。孩子们都做了城里人，菜园里吃不了的菜，他们就拿到市场上来卖。钱不是最重要的，村里把地卖给了开发商，他们也分得了些钱，养老是不用发愁，但就是过不惯这种闲着的日子。

我很满意自己像个主妇似的，在这生机盎然的市场里挑挑拣拣，问这问那，讨价还价，最终满载而归。

母亲并不熟悉这个市场，在她还能自己做饭的时候，小区的四周有各种小型菜市场。那里面的菜都经过店主精心打理，有着极好的卖相，而且她与店主也都相熟，他们清楚地知道母亲的偏好与习惯，尽管，母亲对于他们的友好与热情总是保持着高度的警惕。独住的老人，尤其又是女性，总是多些被人算计的危险，所以，她偶尔故意多多采买，制造周末孩子们回家吃饭的假象。

其实，那是母亲的同学或者朋友们的聚会，他们对于母亲的厨艺总是赞不绝口，母亲也很享受这些赞许，并乐于不定期地展示一番。此外，母亲心里还有一张这座城市的采买地图，新鲜且品质可靠的鸡、鸭、鱼、肉被标注在某个特定的位置，只在那些精于生活之道的主妇们之间秘密地交换，以确保不失家庭生活的水准。母亲现在可没有精力把这些传授给我，当然，她也清楚地知道，我于这座城市依然是一个暂住者。

2012 年 4 月 16 日

严苛的雇主形象

经过上次的折腾，这两天母亲表现得极为配合，情绪平稳得让我有些不太适应。当然，不折腾我，不等于她不折腾了，她把注意力转移到了小月的身上。“她用纸太浪费了，我都是一张纸撕成两张用。”“她给我按摩，开始的三分钟还挺认真，然后看着看着电视就忘了给我按，有时候还睡着了。”“你得说说她，炒菜的时候怎么像是用锅铲敲锅，听得我心脏都要跳出来了。”

一个不满十六岁的小姑娘不过是个孩子，成天嘴里喊着“阿姨、奶奶”，有时就真的把自己当成这个家里的一员了。其实，她刚来的那天，母亲也是这么跟她说的：“你就把自己当成这个家里的人，你就是奶奶的孙女。”后来，小月跟母亲闲聊，说起她在上一个主顾家里，住地下室，另桌吃饭，生病请了两天假，再去就被辞退。她说：“奶奶对我这么好，我会努力做得更好。”决心不代表能力，只是一种愿望。而母亲因此觉得有些不平衡，同样的报酬，但工作量少了很多，这种不平衡便转变成对小月的挑剔与不满。不过，这个挑剔严苛的雇主形象得由我来扮演，我只能把小月找来，当着母亲的面指出她的不足，说明需要改进的地方。小月总是红着脸，两只手背在背后，频频地点头，然后私下里找我说：“阿姨，我会好好干活的，不惹奶奶生气，我不想离开你们家。”过不了几天，小姑娘又没心没肺地犯着同样的错误，但她的娇憨让那些偶尔的小失误也显得不那么让人讨厌。

因为不想麻烦别人，母亲都是自己注射胸腺肽，小月站在一边看了几次，以为注射前抽针水的工作很简单，又急于表现，结果下午的针水被她弄洒了一半，母亲因此生了气。小月知道自己做错了事，整个下午都不敢再进母亲的房间。其实，这种事别说小月，连我和甄叔叔都不能做得让母亲满意，被批评说“都太笨”，后来我们索性都不再帮她弄了。

甄叔叔来的时候，小月正在阳台上浇花，脸上还挂着没有干的眼泪。“出什么事了？”他事先设定了问题，“是不是做错事，阿姨批评你了？”小月回答：“是我自己没做好，奶奶批评了我。”小月的委屈化成眼泪又流了出来。“奶奶身体不舒服，所以她会有些急，我们都要理解她，对不对？”甄叔叔好像能理解我们所有人的处境，其实，他最了解最心痛的当然还是母亲。放下包，甄叔叔进了母亲的卧室，我猜得到，母亲又向他重复了一遍刚才发生的事情，他又会再次表示理解和宽容。

吃过晚饭，甄叔叔到母亲床前说了些闲话，然后，母亲催促他离开。“你好好休息，我走了。”这是甄叔叔每次离开时的告别语，每周在固定的时间来，停留固定的时间长度，我猜，连聊天的内容大概也都大同小异。母亲照例盼着他来，照例要表示不满，看上去，一切都没有什么改变，也不会改变。

2012 年 4 月 17 日

人生就是一次旅行

吗啡，加巴喷丁，盐酸羟考酮。现在，母亲每天都靠服用这三种药来抑制疼痛，这三种都属于麻醉类药物，也就是说，医生在开出这类药物时必须使用红色处方笺，而且剂量也有严格的规定。母亲服用吗啡的剂量通常不能超过二十毫克，否则会出现眩晕、呕吐症状。加巴喷丁的作用较弱，盐酸羟考酮最为有效，所以每天交替服用这三种药物，以减轻疼痛症状。今天这三种药都吃完了，如果再不补上，那母亲接下来就要以极大的毅力来忍受疼痛。

我换好衣服准备出门，母亲足足打量了我一分钟，她的目光总是让我浑身不自在，像是被一个陌生的人无端地盯着看。我上衣穿的是 ZERO 的粉色短袖 T 恤，不是很收身，但也不会显得臃肿，下身穿的是一条淡蓝色的直筒牛仔裤。前几天，出门时我挑了件墨绿色长袖雪纺衬衣，我以为母亲也会喜欢这种复古风格，结果她说色彩不够鲜亮，让病中的她感受不到我的活力，所以我今天特地挑选了一件粉红的 T 恤。然而，母亲让我从她衣服堆里挑了一件咖啡色的针织衫，坚持让我换上。我顺从地穿上了那件咖啡色的上衣，在母亲欣赏的目光中离开了家。

第一家医院四天前就承诺可以买到我需要的药，结果他们没有按时进到药。我给双阳去了电话，羟考酮是他们医院疼痛科主任建议服用的，我想也许他们医院会有。

刚下手术的双阳陪我站在医院人来车往的急诊室门口，一时找不到疼痛科主任，双阳利用熟人关系给我开了处方，我按规定买到了五片羟考酮，这是一个主任医师处方权的极限。双阳说："一会儿还要赶飞机，不能陪你吃饭，也不能送你回去了。"在直射的阳光下，我穿着母亲的衣服，手里拿着红色处方笺，表情木然。我心里只想着，母亲又该抱怨了，她总是抱怨，对现行的医疗体制、对她的同行、对不能及时补充上的药品……我不希望她生活在怨怼中，我希望她每天都快乐，每天都能觉得被我、被我们重视。

我握着取到的五片药，坐在出租车上，太阳热辣辣地烤着，电台在播放许巍的《旅行》："谁让我们哭泣／又给我们惊喜／让我们就这样相爱相遇／总是要说再见／相聚又分离／总是走在漫长的路上。"他的歌总是在写旅行，人生就是一次旅行，有悲有喜，终有结束的那一天。

路上接到双阳的电话，他把分别时说过的话又说了一遍，尽是无奈与歉意。我想说，能在这个世上相遇已经不容易，无奈与歉意给陌生人吧。但我不想说话，从穿上母亲的衣服开始，我就不想多说一句话，我觉得累，一种令我虚脱的累。

“路上小心。”我知道这不过是一句客套话。他乘飞机、会诊、连夜给病人做手术，然后再奔赴下一个目的地参加一次重要的会议，这就是他的人生。就像我，离开又回来，陪着母亲度过最艰难也可能是最后的日子。我们都要自己去面对。但我还是说出来，希望他能听到，有人陪着的旅行能让路上的风景多一层温暖。

2012 年 4 月 18 日

这不是一个好兆头

母亲坚持不让我和小月住进她的房间，原因是即便我们跟她躺在一起也不能减轻她的疼痛，而且她已经习惯十几年独自生活，不希望与别人的距离太亲近。我猜，她不愿意让小月陪她，但希望我能陪。我铁石心肠地沉默着，母亲也体贴地替我解释道：“你的睡眠也不好，跟我睡在一张床上，更加睡不好。”所以，每天早上一起床我和小月做的第一件事就是去看母亲，没有例外。推开门，床头的台灯都已经亮了，母亲永远是同一个姿势躺在那儿，无助而又凄楚地看着我们。然后，小月拉开窗帘让清晨的光明替代台灯的幽暗光亮，或者是我去问母亲昨夜的情况。每天的开场白在不断地重复着，母亲用几乎不变的语调说她如何与疼痛斗争了一夜最终败下阵来，她又是如何盼着天亮。我心里清楚，药物止痛已经越来越没有效果了，这不是一个好兆头。

母亲让我触摸她的身体，左侧的手臂、腋下、乳房，现在连腹部都开始肿了。肿胀的皮肤光亮亮的，像是随时都会绷不住而炸裂开来。我任由母亲拉着我的手在她的皮肤上、身体上划动，像是一个正在临床实习的医学院学生，“你也该掌握一些病情的变化。”母亲殷切地看着我说。在所有住过的医院里，每天的例行查房，母亲都希望主治医生们能够在询问病程、看完检查报告之后，把手放在她的身体上，摸一摸那些明显呈现着的病理体征，而不是两手插在白大褂的口袋里，至多俯身看一眼连在她身上的那些仪器上的数据。现在，已经有太多的仪器可以清晰地呈现病灶，触摸已经被视为可笑的经验主义。但母亲坚持认为，主治医生们对病人身体的触摸至少表示医生的负责——其实并不是任何人都愿意被陌生人触碰自己的身体，不论是出于什么样的原因。比如我，我不愿被别人触碰身体，哪怕是母亲，虽然她孕育了我，养育了我，这是我们应该亲近的理由。

对于母亲的触摸，我印象最为深刻的是，她抚摸我的身体时说：“为什么没有遗传到我的皮肤？”二十几岁前，我四肢的皮肤都表现出极为严重的毛囊角化症状，那些细小、凹凸不平、包含着无法突破出来的毛囊的皮肤，在我的整个少年和青春期打上了深刻的自卑的印记。天气再热，我都羞于把胳膊和腿露在外面，而母亲的抚摸和自责更加深了我的自卑。当我被生命中的第一个男人触摸时，我对他说：“我以为，因为我的皮肤，这一辈子也不会有人喜欢我。”他肯定地说：“我不在乎。”后来我们分手了，但不是因为这个原因。很多年后，我依然清楚地记得他说这番话的情景和他当时的神情，他让我从毛囊角化的自卑中走了出来，从此我不再为这个问题感到烦恼。

我这次回来之前，母亲身体左侧的肿胀就已经出现，说实话，我无法准确地辨别这种变化。所以，我只是顺应着母亲的要求触摸她指定的位置，不知所云地点着头。然后，母亲问："林木现在在哪儿？"我说："北京，上班呢。"她接着说："过几天想请黄阿姨来陪我。"这位母亲曾经的同窗，从母亲生病以来，一直坚持给她送汤送饭，即便我已经回到家，她还是隔三岔五地送过来，每次都要换好几次公交车。

"我已经过了七十岁，按传统来说，算是喜丧。"我明白她想说什么，不知道为什么，母亲从来不对我直抒胸臆，不论是对我的赞赏、希望，还是要求，她总是极尽可能地转弯抹角，像是怕我承受不起。此刻，她再次表达了她不想离开的心愿。我承认，我也害怕，不管她是否已经年届古稀之年，让我去面对不知何时降临的死亡，我依然不知所措。

此时正是一天里最忙碌的时刻，人们刚刚从一夜的睡梦中醒来，窗外，车水马龙人来人往，赶着上班的职员、上学的学生、去菜市里抢购新鲜蔬菜的主妇，这些嘈杂的声音构成了我和母亲谈话的背景音。在我们沉默的时候，那些声音就越发地清晰刺耳，衬着房间里的冷清，母亲一定觉得自己晚景凄凉。

母亲不再说话，只是双眼半睁半闭地躺着，我欲起身离开，心里想着我该去打开电脑了，一会儿公司的同事就该上线，他们或许有事找我。

2012 年 4 月 19 日

一切都已经来不及了

吃完晚饭，送走最后一批客人，坐下来陪母亲看电视剧，这是她现在唯一的消遣方式。

母亲依然是那个姿势——除了平卧，她不能有别的体位，侧卧、站立、坐立、行走，这些人类最平常的体态对她来说都已经不能完成了，任何的体位改变都会导致呼吸困难。

最近越来越频繁地想到父亲，那个原本已经变得有些模糊的形象突然清晰起来。可我能想起的父亲就是他瘦削的身体明显地向右边倾斜，因为化疗的缘故，右侧的胸膜大面积粘连致使右侧萎缩，还有就是，他躺在病床上的样子。但我记得，他总在笑，哈哈大笑，他的笑声能感染所有的人。很多人离开他的病房时，还来不及收回笑容的脸上已经满是泪水。他该是以多么大的意志力去忍受身体的疼痛，而我却没有从他紧锁的眉宇间读到过抱怨。

很多年后，我在父亲留下的笔记本里读到这样一句话："这样的年纪就要离开，的确有点太早了。"他原本打算利用卧病的空闲写写自己的故事：他和母亲的一见钟情，共同生活的十五年，他们的情爱是他生命中最珍贵的部分，滋养了他这个异乡人。可是，刚写了个开头，越来越坏的身体没能允许他继续写下去。他原本对自己的身体是那么有信心，以为只要扛过最糟糕的那段时期就能康复，其实当他觉得不得不开始写这些故事的时候，一切都已经来不及了。

2012 年 4 月 20 日

投入剧情能忘掉各种不适

一切照常，母亲、我和小月各安其事。我负责买菜、做饭，小月负责家里的卫生和定时给母亲做按摩，这样，我便有固定的时间坐在电脑前工作，就像每天按时上下班一样。晚上，我们就一起陪母亲看电视连续剧，投入剧情能让她暂时忘掉身体的疼痛和各种不适。

母亲偶尔会想起一些事，然后交代几句，诸如家里的水电费序列号、银行存折的密码等。让我吃惊的是，长期服用的各种止痛、镇静类药物似乎都没有损伤到她的大脑。很多数字她刚说完，一转身我就忘了，还得再问一遍。

2012 年 4 月 21 日

“放下”并不像字面意思那么容易

有空的时候继续读《西藏生死书》，似乎明白了一点，生命过程中最重要的就是学会放下，不能放下就将面临肉体或者精神上无穷无尽的痛苦。好多次，我想抱着书去床前念给母亲听，但每次都放弃了，我能想象母亲的反应。

“放下”并不像字面意思那么容易做到，我们都很难做到。

/ 第九章 /

只谈友谊，不谈告别

2012 年 4 月 22 日

我知道什么是生死

早上起来，母亲的气色不错，至少没有特别抱怨身体的疼痛和不适。天气也不错，光影中有了初夏的明快。

我在工作，小月在房间里走来走去不知道在干什么。这时，母亲在屋里喊小月："把我的假发拿给我。"母亲已经很久没有戴假发了，不论是否有访客，她总戴着那顶旧式的医用手术帽子，这是我见母亲戴过的唯一一种款式的帽子，好像任何别的样子都不适合她。因为放射治疗的缘故，她的头颅明显缩小了一些，原来大小正好的帽子现在不合适了，为了不让帽子掉下来挡住眼睛，母亲特地将帽边折起一小截用针线仔细地缝好。母亲的针线很细密，她说这是当医生训练出来的。

这才想起来，昨晚母亲说今天有人来给她做决志祷告。来人是母亲的中学同学，也是中医学院的退休教授，教授的父亲曾是她老家的最后一位土司。教授晚年受了洗，成了虔诚的基督徒。好多年前，就听说她在积极地发展母亲入教，可母亲只是碍于情面参加过一两次教会的活动，母亲说，就当是社交或郊游，走走看看，顺便长些见识。她大概是受外公的影响，这位清末民初的老秀才一生最痛恨的就是“怪力乱神”，全家除了外婆，没人相信鬼神阴间之类的说法。后来，母亲在“大力落实知识分子政策”的年月里入了党。但这位教授坚持不懈，直到上周还托人来游说母亲入教。“她说做了决志祷告，我的灵魂就能上天堂。他们这样做也是为了帮助我。”母亲说这话，我并没有太当真，因为她总是担心驳了别人的面子和好意。

教授很准时，还带来了一男一女，男的也是一位退休的大学教授，女的是教区负责人，来自新加坡。房间里不时传来他们的谈话声，隐约能听到灵魂、上帝、动物、人类这样的字眼，间或还听到他们唱赞美诗。再往后的谈话内容便与其他访客没什么差别，对照着墙上母亲的照片，夸赞母亲如何漂亮，在同龄人中又如何显得年轻。

我给陆沉打了电话，他是我唯一认识的基督徒，我希望他能解释下“决志祷告”的意思。陆沉简略地说明了原教旨主义的天主教、神秘主义的东正教和主张改革的新教的异同，然后解释说：“决志祷告跟受洗的意义相似，就是表明从此相信主、跟随主的决心，有的教派还要受洗。”他接着说：“不借助宗教的力量我们每个人都很难过生死关。你不要试图去打探郑医生的内心活动，让她自己做出选择，希望宗教能帮助她安详地面对。”

我们的通话还没有结束，教友们已经准备离开。送走他们，我回到房间，发现躺在床上的母亲脸上似乎真的多了些安详，至少是因为被关怀而油然而生的幸福感。“他们为我做祷告是帮助我的灵魂升上天堂，而不是下地狱。”母亲有些不安和羞怯，“当了一辈子医生，我知道什么是生死，我不害怕。”

不想与母亲就这个话题继续谈论下去，于是，我让她说说这些教友们的故事，虽然，关于他们的故事，她早就说过了。

2012 年 4 月 23 日

只谈友谊，不谈告别

以“告别”为主题的聚会在一周前就定下了，但我是从黄阿姨那里知道的。母亲觉得，两年来有太多的人给过她关心和帮助，她想在最后的日子里用这次聚会一并表达感谢。我一直想等母亲的状况稍好一些再进行，希望她可以亲自出席，哪怕只是短短的几分钟。

昨天去饭店定了聚会的菜单，因为有阿姨们参与意见，母亲没有过问太多。今天一大早赶去花市买了两个大花篮，因为母亲喜欢花，仪式结束后，所有参加的人都挑一枝花带走，算是表达一点心意。这是母亲的意思。

三十人的聚会最终到了二十七人，等我带着从花市买来的两个大花篮跌跌撞撞地到餐厅时，见到了满满一屋子的白发老人。有的拄着手杖，走路颤颤巍巍；有的在交流服用某种药物的心得；有的枯坐一旁，像在沉思；还有一位阿姨边读母亲写给他们的信边抹眼泪。在《友谊地久天长》的背景音乐里，许多认识我的人主动来跟我打招呼，询问我最近的工作和身体，嘱咐我要注意休息。

黄阿姨受母亲所托主持了今天的聚会，她宣布“今天只谈友谊，不谈告别”。这是她私自窜改的，鲜花、美酒、美食、初夏的阳光和这满屋的老者都应和着她的提议。黄阿姨要我代表母亲讲几句话，她说，这是母亲的意思，这个意思母亲仍旧没有亲自跟我说。站在那儿，眼前尽是布满皱纹的脸，老人们的目光从不同的方向聚在我的身上。我不知道此时他们看到的是什么，但一定不是我，或许是他们自己年轻时的影子，或许是他们的儿女。虽然昨晚辗转反侧时打了无数遍腹稿，但一开口还是不知所云，其实除了感谢，面对这么多长辈，我还能妄言什么？岁月？人生？友谊？死亡？病痛？久病床前的辛苦？我猜，母亲听到我的发言一定不会满意，她会觉得我应该更富有感情，至少应该有几个漂亮的排比句。我也对自己不满，我以为能控制好自己的情绪，我不希望眼泪或悲伤破坏了这次聚会，这些古稀老人不应该也没必要承受额外的伤悲。一开口，我还是哽咽了。

在大家开始发言前，话剧团的高阿姨朗诵了母亲信里摘抄的一首诗——《老有老的骄傲》。所有读过这封信的人都对这首诗有共鸣，这首充满格言警句的诗被高阿姨朗诵得声情并茂，满屋的寂静配合着她高亢的声音与饱满的激情，就像那些逝去的令人怀念的岁月。接下来的环节是到会人的发言，每个发言的人好像都有备而来，他们念着准备好的发言稿，无一例外都是对母亲一生的总结。“她的人生近乎完美。”这位阿姨的发言极具代表性，读信时流下的眼泪这时已经干了。

然后，有人提议合唱《友谊地久天长》，结果负责播放音乐的阿姨把伴奏放成了《让我们荡起双桨》。那些苍老的声音传递着旋律与歌词里的春光、快乐和无限希望，每个人都很投入，歌声引来餐厅服务员的围观。

2012 年 4 月 24 日

那只是幻听

昨晚又没有睡好，入睡很难，睡眠也极浅，凌晨四点莫名其妙地醒了一次。

母亲中午指定要我给她煮一碗米线——之前，我们试过，小月用我的方法做出来，母亲吃一口就能觉出不是我亲自做的，尽管我一直从旁指导小月的每个步骤。母亲吃完米线表示很满意，我觉得，昨天的聚会虽然她没能参加，但她的情绪明显好很多。午睡时，我被母亲喊我的声音惊醒。醒来知道那只是幻听，但再也无法入睡。

2012 年 4 月 25 日

我好像在等待什么

这些天，太阳底下的日子已经算是盛夏，但只要待在房间和树荫下，有微风拂面倒是十分惬意。高原的天气就是这样。

早晨，本该去菜市场买菜，母亲说：“这活儿让小月去做吧。”本该去医院给母亲买药，结果有熟人来看望母亲，她执意让我留下陪她，买药的事就麻烦了熟人。母亲好像一步也不愿意我离开家。

一整天都在家里晃来晃去，开门、倒水、寒暄、道谢，没话找话。在沙发、椅子、床之间转来转去，翻几页书，上会儿网，心不在焉地谈几句工作。

我好像在等待什么。

2012年4月26日

这样我就能安心地多活几个月了

对，我已经一个多月没有接到老板的电话了。两个小时前，我刚给她写了邮件，汇报了这个月的工作情况。

三言两语问完家里的情况，她直截了当地进入了今天的主题——公司决定撤销我们这个部门，也就是说，不仅我，这个部门所有的同事都将失去工作。这个决定其实并不突然，因为我一直以来的工作状态对部门的工作肯定会产生影响。而且，面对新的工作局面，公司需要一个更为精干和专注的团队，但我无法给公司一个明确的时间表。

接完电话，我站在阳台上，看着街上繁忙的景象，脑子一片空白，我不知道接下去我该如何去向部门的同事解释。不论公司是出于战略考虑，还是因为我的原因，毕竟这个时候我应该跟我的同事们一起面对。

“出什么事了？”甄叔叔问，他看我接了电话就一直站在这里，快十分钟了。“公司把部门撤销了。之前，我去辞过工作，所以，对我来说不算突然，但我的同事也都没有工作了。”我知道，跟他说这些没有任何用处，他不能理解这种瞬息万变的职场风波，更不可能给我什么建议，他这一辈子只做过医生，而且是在同一家医院。“哦。”他轻轻地应了一声，转身去了母亲的房间。

吃过晚饭，送走甄叔叔，我烧好热水给母亲洗脚。缺少运动使得母亲的末梢循环极差，加上营养供给不足，她的脚总是冰冷的，即便是在被子里穿着很厚的袜子也没有什么温度，所以每天晚上母亲都要用很烫的热水泡一泡脚。“你不用回去工作了。”说这话的时候，我看见母亲脸上有笑容在荡漾，“这样我就能安心地多活几个月了。”她如释重负。

我低着头，把热水一点点地浇到她的脚面上，然后用热毛巾去焐热裸露着的小腿，因为缺少蛋白营养，小腿粗糙干裂，纷纷扬扬脱落着细碎的皮屑。

2012 年 4 月 27 日

她不放手，她不敢放手，她也不能放手

吃过午饭，甄叔叔来之前我出了门。有位阿姨电话通知我，黄阿姨的母亲昨天突然去世了，她觉得我应该替母亲去黄家吊唁。一则，黄阿姨是母亲最好的同学；再则，母亲生病以来，黄阿姨对我们家有太多的照顾和帮助。这位阿姨还在电话里嘱咐我，最好不要让母亲知道，免得她触景生情。

出门时，母亲正在午睡，我叮嘱小月，让她多注意母亲的情况，有事及时给我打电话。一切都没什么不妥。

“有人需要你伺候是一种福气，现在没人需要我了，这种福气也就没有了。”几年前，黄阿姨的老伴去世，紧接着九十五岁高龄的母亲因脑血栓住进医院，原以为会长时间瘫痪在床，结果没几天因肺部感染医治无效去世。“你们也到了该由别人伺候的年龄。”黄阿姨有两个女儿，都已成家立业，“你们都有自己的家、自己的工作，怎么可能让你们放弃工作、事业呢？”

我一时语塞，母亲突然查出肺癌，对这些天天在一起消磨退休时光的老朋友们来说，的确是个不小的打击，他们也难免会联

想到自己。两代人终于找不到共同的话题，我起身告辞。

此时正是一天里最热的时候，太阳针芒般地刺在皮肤上，间或有风乍起，卷起地上的尘土和垃圾扑面而来。

不想回家，站在已然有些陌生的街道上，看着迎面而来的陌生面孔，我有些手足无措——对这座城市，我既没有一个旅行者的兴奋和好奇，也没有归乡者的熟悉与亲切。打了几个电话，开会的、上课的、出差的，熟人们都在忙，没人有时间陪我聊天，感慨生活之不易。

回家。我别无选择。

路上接到母亲的电话，显然，我未经她同意而外出令她很不高兴。一进门，见母亲倚在病床上，怒气未消，准备兴师问罪，原来黄阿姨在我离开后已经跟母亲通过电话，但没有告诉母亲更多详情，以致母亲坚信，我不过是口头表达了一下问候，而没有尽到该有的礼数。

看着正在生气的母亲，我只是沉默。我终于明白，她一直以来都放不下的是什么——在她眼里，我该是多么不谙人事、马马虎虎、冷漠无情的人，如果没有她，我终将无法在这个世界上获得立足之地。她不放手，她不敢放手，她也不能放手。

甄叔叔一边劝母亲不要动怒，一边示意我离开。我把自己关进房间，眼泪忍不住哗哗地流，我已经很久没有哭了。就在这时，刚才在开会的朋友给我回电话问："你怎么了？"他一定以为是母亲病情恶化了。"有点感冒，热伤风。"我回答。"这个季节感冒了可不容易好。你自己要当心，你要是病倒了，可没人能代替你。"他说。

2012 年 4 月 28 日

情绪和身体状况都算稳定

年初体检，医生建议我再到医院做个宫颈检查，一直忙来忙去，就把这件事放下来了。最近一周，母亲的情绪和身体状况都算稳定，我决定去趟医院。

挂号、问诊、检查，医生建议我尽快做手术，她保证只是个小手术，十分钟就能完成。而且最好再做个病检，因为这个地方的息肉很容易癌变。折腾了一个下午，回到家，小月已经把饭做好，但我一点胃口都没有，除了喝水，什么东西都不想吃。

2012 年 4 月 29 日

病情稳定就是胜利

昨晚去母亲房间看了两次，第一次已经过了十点，母亲还在看电视，小月说下午睡了很长时间，估计这会儿不困。第二次是凌晨两点，母亲房间的门已经关上了。

这些天一直觉得母亲渐渐好起来了。有电话来询问她的情况，我总是乐观地说："稳定，很稳定。"虽然我心里知道，她在煎熬中度日如年，但病情稳定对她来说就是胜利。有天中午，母亲自己起床走到卫生间，突然看到这一幕的小月，惊喜地说："奶奶，你病好了，都可以自己起床了。"

夜不成寐的我，带着满身的疲倦站在母亲的床前，听她复述昨晚的情景，好像我是那个每天例行查房的主治医生。淋巴积液充满了她的左侧身体，高浓度的蛋白积液形成一个密实而又坚硬的铁筒，紧紧地箍住了她的胸腔，她无法顺畅地呼吸。氧气瓶已经不得不持续二十四小时不间断供氧，但她依然觉得呼吸困难。

我吃力地想象母亲叙述的情景，然后努力地配合她的描述，想要获得感同身受的体验，但一切都显得徒劳。母亲再次解开睡衣的扣子，把肿胀的身体呈现给我，并要我用手去感受她的描述。我照做，但内心有些抵触，就算是现在，我依然不愿意与母亲有肌肤之亲，而这也许是她最希望感受到的。

我再次不知所措地看着她。母亲一脸从容地交代我接下来该做的事：给她洗澡，协助她排便（她便秘已经很久了，缺少运动、长时间服用镇静类药物都是导致便秘的原因）。然后，母亲再次交代去世后的种种细节，事无巨细，她像是在说别人的事。我脑子里被母亲即将服下大量吗啡的情境所占据，我相信这是即将发生的事实。

然后，母亲让我给甄叔叔打电话，让他尽快来家一趟。打完电话，她又问林木什么时候能回来。这一切比她描述昨晚呼吸不畅更让我感到不安。有了上次的经验，林木在电话那头坚决认为："这不过又是一次预演。"

林木没错，情形真的没有那么严重。午饭后，看上去一切都恢复了平静。甄叔叔来的时候，母亲的状况已经比早晨好了很多。他们在屋里谈了很久，后来我才知道，母亲又一次提出选择安乐死，甄叔叔表示只要母亲坚持这么做，他一定会陪在她身边。"我们要尊重她的选择，因为我们都无法代替她痛苦。"

/ 第十章 /

别走，你们别走

2012 年 4 月 30 日

有她我就可以只做孩子

昨晚躺下时完全没有睡意，但还是强迫自己躺下。我又开始害怕睡觉了，迷糊了一会儿，很快醒来，又迷糊了一会儿，还是很快醒来。恍惚间，我有种“不知身在何处”的迷茫。

早起，例行去母亲房间。昨晚我起来两次，一次看她屋门开着，在门口站了会儿，里面一片寂静，表明母亲没有在经受呼吸困难的折磨，借助氧气瓶她可以平静地入睡。再一次起来，发现屋门关上了，说明她起来过。一切如常。

母亲的脸在清晨的光影里显得那么轻柔，竟令我心生怜爱的冲动。没等我开口，她说：“昨晚还行。”这四个字足以让这一天能平稳地度过，而且我有了足够多的时间去处理我自己的事。“我这情况还能熬一阵，等更坏些时候再去医院吧。”我含糊地点点头，心里对母亲的体贴充满了感动，也有些愧疚。

昨晚睡不着的时候，我一遍一遍地想，如果母亲坚持不去医院，那我该如何应对接下来的情况，每想一遍心里就多一分压力。我假想着，在某个夜深人静的时刻，我和小月面对母亲渐渐冷却的身体，我们应该做些什么？或许在这之前就该打电话，但电话打给谁？或许我应该更早一些打电话，但该是在母亲出现什么样的症状情况下打？呼吸困难，还是疼痛加剧？在他们到来之前，我们又该怎么办？小月还是个孩子，一个睡着了就算打雷也惊不醒的孩子，面临这样的场面，她会不会害怕，会不会对她造成伤害？或者她会给我提示，我努力调动四十多年积累下的医学常识，显然没有什么实质的帮助。

我已经不是第一次目睹亲人的离去，但那时有母亲。对，她总是站在我的前面，有她我就可以只做孩子，可以不用直面我害怕的一切。或许我从来都认为母亲不会离去，她有着无与伦比的强大的生命力，即便是已经虚弱得无法站立，她依然让我手足无措。

下午，甄叔叔来了，自从他表示如果母亲选择安乐死会一直守在身边，就改成每天来家一趟。虽然我们都认为，母亲不会这么快就离去，还会有一段煎熬的日子。

五点，我正在厨房里准备晚饭。如果甄叔叔在，我们就提早吃晚饭，这样可以让他早点回家。他住在城西，正好与我们形成一个大对角，他又不愿意乘出租车，乘公共汽车单程就要一小时，如果赶上下班高峰需要花更长的时间。母亲总是催着他早走，不仅担心他的家人着急，也担心他在路上有什么麻烦。古人云，“七十不留餐，八十不留宿”，甄叔叔也是年过七旬的老人了。

小月慌慌张张地跑来说：“完了完了，早上奶奶让打电话换氧气的，我给忘了。”一个多月来，母亲已经完全依赖吸氧来维持呼吸，我跑进屋里，氧气已彻底告罄。现在打电话去那家公司要求换氧气瓶，他们最快也要明天一早才会送来。“我坚持一会儿试试，也许……”母亲已经下决心要在家里等待最后时刻的到来，没有人可能改变这一点。甄叔叔试图说服她：“我们还是去医院吧，打电话让他们来接你。”结果，五一假期，医院只留了一位司机值班，正好外出接病人了。“不行，没有氧气今晚都过不去。”母亲一边说一边要我扶她起来，她的嘴唇因为缺氧开始有些发紫。“我就住一晚上，明天氧气送来就回家。”

我冲到楼下拦了一辆出租车，远远地看见母亲穿戴得体——假发和口罩让人看不到她的病容，步伐急速而又稳健地朝我走来，小月和甄叔叔一左一右地跟随着。快接近出租车时，母亲的身体突然晃了一下，差点在车门外跌倒，幸好甄叔叔及时搀住了她的胳膊。母亲摇了摇头，像是对自己的表现有些失望。她已经太久没有下地走动，但刚才起床穿戴、乘电梯，从楼门口走到出租车的这几十米距离，都是她自己完成的。除了对自己的失望，母亲或许还感觉到了什么。

目送汽车走远，我折返回家里，匆忙地收拾了一些必需的用品，关火，锁门，也赶往医院。病房里，母亲躺在床上，鼻孔里插着氧气管，看上去平稳多了。

2012 年 5 月 1 日

每个细胞都很疲惫

上午去了医院，医生给我做了个小手术，大概十分钟，切除了那块多余的肉。我没有告诉母亲，其实，最应该告诉的就是她，她不仅是母亲，还是一位经验丰富的妇产科医生。但我没对她说，即便她健康无恙，我也极少跟她谈论我身体出现的问题，我更愿意去找别的医生。在我的印象中，得病是极坏的一件事，“身体发肤受之父母”，生病是你对自己身体爱护不够，没把父母给予的这副皮囊照顾好，反而给他们增添担忧、痛苦和麻烦。而且，在我眼里，所有的妇产科医生对于妇科疾病的道德评判多于对病灶本身的诊断和治疗。

手术顺利，我回家做好饭送到医院。母亲吃了几口就放下，“这次恐怕是回不去了。”她说这话的时候，我并没有在意，从她的脸上我读不出太多的关于病程发展的信息。然后，我返回那家医院继续打点滴。还没有结束输液接到母亲的电话，问我什么时候去医院。

回到病房，陪母亲吃完晚饭，看了会儿电视，我想回家休息，折腾了一天，有点累，腰有点酸胀。

“你不住这儿吗？”母亲问我，她的目光在病房昏暗的灯光下竟是格外明亮，我有些惊慌。医院有尽责的护士，还有小月，我坚持走，今天必须好好地睡个觉。母亲把目光从我身上挪开，继续看正在播放的电视剧。

回到家里，我坐在空荡荡的客厅里，回想起今天所有的细节，突然有些害怕，手术单上是我自己签的字，如果手术过程有什么意外，我该怎么办？身体的每个细胞都很疲惫，但脑子却像一锅正在沸腾的开水。

2012 年 5 月 2 日

她又在下着告别人世的决心

昨晚几乎一夜都没能入睡，脑子里那锅沸水一直都在翻腾，身体发烫。我一整晚都在想，五天后的活检报告会是什么结果，“宫颈癌”这三个字一刻也不肯离开我的脑子。医生说如果确诊是宫颈癌，需要尽快手术，或许也可以等一等，毕竟我是唯一的、不可替代的照顾母亲的人选。那是不是应该立刻告诉他们？我又是否能独自承担这个结果？无论如何都不能让母亲知道。

起床，去菜场买了一块五花肉，昨天母亲说想吃白切肉。其实我不会做，只能按五花肉的做法，照葫芦画瓢动起手来。母亲从满满一盘肉里挑了两块吃掉，她的表情告诉我，味道不算太差。我知道她只是为了鼓励我而降低了标准，一个月的时间，我的厨艺不可能精进到让一个原本挑剔的人欣然接受。

下午接着去医院打点滴，医生开了三天的量，说是为了防止术后感染。刚过四点，接到母亲的电话，拔了针匆忙赶回母亲的病房。进门见母亲一脸倦容，她问：“甄叔叔今天怎么还没来？林木呢？”现在，只要她问起这两个人，我立刻就明白，她又在下着告别人世的决心。之前她曾表示，临终前只需要三个人在场——甄叔叔、我和林木。她说："活着还能带给别人快乐，死了再劳动大家跑来告别就是浪费别人的时间。"其实，我想她是不愿别人看到她的遗容，一张被病痛折磨了近两年的脸无论如何也不可能是令人愉快的。

我给甄叔叔打了电话，甄叔叔昨晚牙痛，正在家休息，但他说马上就赶过来。我又给林木打电话，他说最早也只能订后天一早的机票。然后，母亲催促我去找院长，早上查房的时候，母亲向院长请求，如果她自己实施安乐死希望院方不要干涉。早在半年前，她已经向院方提交了弥留之际拒绝抢救的申请。院长表示，这需要由家属写个情况说明，他们再做讨论。我心里清楚，那不过是院长采取的缓兵之计，对于一个没有为安乐死立法的国家，这样做是不被法律允许的。

我在医院走廊的沙发上坐了一会儿，公休假期间好像看病的人也少了，走廊里安静极了。

回到病房，甄叔叔还没有来，我坐在他常坐的位子上，面对着病榻上的母亲。她真的很虚弱，每一次呼吸，身体都会明显地起伏，可见她该是多么努力地完成着呼吸动作，尽管供氧的阀门已经被开到较大的一个挡。她闭着眼，眉头紧锁。我不愿去猜测此刻母亲在想什么，但我清晰地感觉到一种悲凉——它拽着我，一直向下、向下。看不到尽头的绝望和不愿放弃的挣扎。

时间一点点安静地流走，病房里只有我和母亲，我们隔着一张床的距离。此时，我又想到了父亲，那个只陪了我十四年的男人。那一天，也是下午时分，他突然说："疼，给我一针杜冷丁。"然后，再也没有醒过来，当时病房里只有我和母亲。今天，这里只有我。我不知道我该做什么，去跟母亲说"妈，我爱你，你别走，我需要你"？我无法分担她肉体的痛苦。或者，我该说"妈，你放心地走吧，我已经长大成人，我可以应付一切"？但我知道，我最承受不起的是母亲离开后的孤寂，那是天地苍茫间一眼望不到头的孤孑，还有那些生命和岁月烙印下的愧疚和歉意。我从来没有照她的意思去做过什么，也没有真正地让她满意过——这或许是一个母亲内心最深的失望吧？

甄叔叔的到来打破了病房里的沉默。他给母亲把脉，询问了今天的血压情况。后来，他轻声地对我说："她的生理体征都很正常，就是情绪不好。"这个说法几个小时后我再次从院长那里得到了证实。我继续察言观色。

为了让林木能尽快赶回来，已经惊动了报社主编，整个部门的工作安排也有所变动。"你怎么能相信她的话呢？"林木在电话的另一头有些激动。这不是第一次，但我知道，还会有下一次。

晚饭时母亲的饭量与平时相当。从甄叔叔进屋的那一刻，她的情绪也好了起来，尽管她不屑地说："你这个皮肤科大夫就只会把个脉。"是否因为甄叔叔的出现而使得母亲的脉搏频率趋于正常，我无从判断，但之前呼吸困难，甚至出现衰竭并不是假象。

疲惫，我觉得身体的每个细胞都渴望得到睡眠，我需要用一夜的安眠换得第二天的神清气爽。我告诉自己："明天还要继续。"但躺在床上依然没有睡意，脑子里依然像一锅沸腾的水。

2012年5月3日

不再提安乐死的事

母亲不再提安乐死的事，照例正常进食，偶尔与我们说笑，可只要我离开，她就很不高兴。我坚持把她留给小月和护士照顾，晚上回家休息。我已经失眠快一周了。

2012 年 5 月 4 日

高高兴兴地活着才有意思

下午去取活检报告，结果证明切下来的的确只是一块多余的肉。

在路上给母亲买了她爱吃的凉米线，走在明晃晃的太阳底下，四处都是夏天的绚烂与明快。

聊天。吃东西。看电视。来来往往的探病的客人。“能这样高高兴兴地活着才有意思。”小月停下手里按摩的工作，身体还趴在母亲的腿边，她看了看母亲又看了看我，没人向她解释奶奶这句话是什么意思。在她看来，每天都该是高兴的，虽然偶尔想家的时候她会哭一场，想到迷茫的未来也会伤心一阵，但这些不愉快很快就忘了。

很多人都建议我应该在合适的时间，与母亲敞开心扉地聊一聊，“她其实并不完全明白你的感受”。我当然知道，我们彼此都不能完全理解对方，但我认为即便是母女也没有必要百分之百地明白对方，维系我们的应该是爱，而不是理解。可我接受了这个建议，我在寻找或者等待合适的时间。

“今天怎么没有见到院长？”母亲一直在等院长对于安乐死要求的回复。实际上，我与院长已经达成共识——她并没有真正绝望到要提前告别这个世界，我们不能助她这一臂之力。我含糊其词地应付着，其实我想告诉她：“给死以尊严，是人生的大智慧，但并不只是选择以什么方式结束这么简单。”我没有说。我还是没有说。

2012 年 5 月 5 日

时间对她还有意义吗？

早上去买了菜，做了炒菜心和回锅肉送到医院。母亲照例每道菜只吃一两口。

吃过饭，小月回家洗澡、换衣服，这几天一直是她在医院陪护。从我进病房起，母亲就一直闭着眼，偶尔睁眼看看我们，偶尔提一两个要求。小月走后，屋里更加安静，这会儿母亲看上去像是睡着了。于是，我拉上窗帘，高原的阳光总是毫不吝惜地把亮和热洒向大地和大地上的万物，然后，我躺在沙发上翻看前两天别人送给母亲的书——《活在当下》。作者是美国一位知名的心理学家，他在六十岁那年突然中风，于是开始了与疾病和衰老的漫长斗争，这本书记录了他对疾病、衰老，甚至死亡的思考。

“你也给我念念啊。”母亲突然说，语气中有种陌生的低声下气的恳求。

我走到床前，坐下来开始念，文字十分流畅，而且第一人称的叙述有很强的代入感。比起《西藏生死书》，这本书更容易被她接受，我想。“同病相怜”的经验或许比麻醉剂有用，比照中人们更能相互理解，生老病死前的平等，让“天涯沦落人”之间有了知遇的温暖，因而不再孤单。

我停下来，看着床上像是睡着了的母亲。我问：“你累了吧？继续念吗？”不知道从什么时候开始，我们的对话只剩下简单的疑问句和祈使句。“你是不是念累了？我也听累了，停一停吧。”母亲喜欢使用第二人称的句式，这种把“我”放在次要位置的表达让她觉得自己处在“事事以他人为重”的道德高地。此时，在我看来，这句话最核心的部分在于“停一停吧”。我停止了阅读，而且从内心放弃了念书给她听的计划。其实，我本来是想借着书里的内容，能顺理成章地展开一段关于疾病、衰老和死亡的对话，这是我们不得不面对的，而且我们之间需要这样一次谈话。我再次放弃了。

重新陷入沉默，母亲仍然紧闭双眼，我回到沙发上，继续读刚才那本书。或许，此刻我们都在思考同样的问题——生命和死亡，但年龄、辈分、人物关系、阅历、见识和生命的价值观阻止了我们之间可能的交谈，我们无法面对面地、平心静气地谈论它，我们只能独自思考和面对。

“几点了？”母亲再次打破沉默。

一天里，这个问题她至少问了三遍。“时间对她还有意义吗？”我被自己心里的这个问题吓了一跳——今天没有人来看她，也不是什么特别的日子，电视台也没有好看的电视剧。明天和今天有什么不同？

三点钟要吃一次药，这个作息表通常由小月来掌握和完成，她不在，母亲在自己提醒自己，或者是在提醒我。即便小月在，她也不会真的放心等小月提醒她。止痛药已经不只用来缓解身体的疼痛感，还被用来稀释等待死亡的恐惧和对生命正在消逝的束手无策。总之，身体的感受难以言说，也无法分享。

2012年5月6日

似乎又看到了生的希望

吃过午饭，母亲说："明天你把准备好的衣服也带过来吧。"我知道，她今天很不舒服。

院长就是在这个时候进来的。四天前，我按母亲的意思去找过她，我们之间进行了一次深谈。我们谈到母亲一生所经历的不幸，谈到母亲面对癌症的态度，谈到母亲对死亡的恐惧。院长最后表示愿意承担临终关怀的角色，虽然她乐观地认为，母亲还有一段相当长的存活期。她甚至认为我应该回北京继续工作，而不是以放弃自己的生活为代价来面对这段日子。她表示，这家医院可以给母亲提供最好的服务。我婉拒了她，但我提议，找个机会我们一起跟母亲谈谈死亡，"只有直面它，我们才能更加坦然地接受"，这一点我们始终一致。

院长用母亲最乐于接受的"先进的"模式来启发母亲对自己身体的认识，这种时候，母亲总是显得开放、包容、积极、乐观。我觉得，某个时刻，母亲似乎又看到了生的希望。至少，在我离开病房的时候，她不再说"明天把准备好的衣服一同带来"。

2012 年 5 月 7 日

没有人知道她正在翻腾着怎样的心绪

与院长的谈话似乎有些作用，母亲要求继续注射胸腺肽，还让我把石斛拿去给她吃，一周以来，除了止痛药她什么都不再接受。

一整天，她看起来依然很不舒服，除了疼痛，也没有任何一种体位能让她觉得舒服。她一直闭着眼睛，在细雨绵绵的夏日里始终无话，没有人知道她正在翻腾着怎样的心绪。

“今晚你别回去了。”电视里正在播一部医疗题材的电视剧，几天来，母亲最盼望的时刻就是这部连续剧的开播。我留了下来，小月也很高兴，她没有说自己这些晚上是不是有点害怕，虽然母亲说她晚上总是睡得很香。母亲入院的那天，我把实情告诉了她，她说：“接受这份工作的时候我就已经知道了，我不害怕。奶奶对我这么好，我要一直陪着奶奶。”

2012 年 5 月 8 日

别走，你们别走

夜里一直都很安静，护士来了两次，母亲一直都在睡着，没有醒过。

六点起床，母亲还在睡，我把小月喊醒，交代她我要回家一趟。我打算以后就自己陪夜，小丫头睡着了打雷也醒不了，在这里没有什么大用。

洗了澡，把换下来的衣服扔到洗衣机里，我打算利用洗衣服的这段时间睡一觉，昨晚又失眠了。以后在医院陪床，睡眠一定好不了。刚躺下，电话响了："阿姨，你快点过来，医生要给奶奶用一种新药，需要你来签字。"挂了电话，我穿衣服时，电话又响了："阿姨，院长说，让你快点来。"小月的声音这次更加急促，我听得出来，这么着急地催我过去不只是用药这么简单。"到哪儿了？"电话第三次响的时候，是院长的声音，我已经坐在出租车里了，从家走到医院只有两三站地的距离，平时我都走路过去。一进医院，我就看到小月站在楼道尽头的窗户前，逆光的剪影里，是一个成熟少女的侧影。我被医生拦在走廊里，被直接领进办公室，院长和几个熟悉的医生都在，院长看着我的眼睛，说："你母亲之前就向我们提出过，弥留之际不接受任何抢救。"我点头，我知道这个情况。"现在，你需要在这里签个字，这是必需的程序。"我照办。我只想尽快回到病房，我只想知道现在是什么状况，但他们觉得，此刻签字认可比告知病情更重要。

病房里多了几台机器，除了监护仪，别的我都不认识。他们撤走了母亲的枕头，她闭着眼睛躺在那里，还戴着那顶白帽子，如果在平时，她一定会说没有枕头不舒服。"你尽快通知需要通知的人吧。"院长说，她的声音是那种见惯了生死离别的冷静。

我把母亲留在病房，开始打电话。甄叔叔说他马上赶到。林木在西藏五千米的哨所采访，昨天出现高原反应，这会儿正在医院输液。他会乘最近的一班飞机过来，估计傍晚时分能到。其他人是我擅自通知的，我想母亲不会拒绝见到舅舅。还有小谢，她走时一再说，要赶来送母亲最后一程。所有人都在路上。而我能做的只是等待和守候。

这时我才想到小月，她一直站在窗前，我看到她在哭，但没有声音。我走过去，想要抱抱她，可她躲开了。

下午，人陆续到了，舅舅在母亲的耳边喊她，她睁开眼看了看，眸子依然清透。林木来了，也附在母亲耳边说："妈，我回来了。"母亲再次睁开眼睛看着他。"别走，你们别走。"她说。我看见她的眼角有一滴泪顺着脸颊往下流。

故去

护士不停地和她说话：
婆婆，给您穿衣服，
弯弯手，再弯一小些，
侧个身，好，坐起来。

我却有些呆，只是
小心地将母亲的手
从衣袖里慢慢拉出，
温热的手已经转凉。

母亲突然间就走了，
漫长的煎熬结束了。
我们呆呆地看着她，
没有哭，也没说话。

此后七天，我们将
她火化，送下乡，

按规矩安葬了她。
也就那么一小会儿，

新的一天随之而来。
从此，我们将独自
迎接自己的生和死，
而一切仿佛都乱了。

疲倦如鲜花般盛开。
树荫下，荡秋千，
看花池里邻居们
里应外合地跳着舞。

舞蹈欢快，甚至激越，
超出了他们的年龄。
我们也无一丝悲伤，
只是茫然得无所适从。

林木　2012.5.21

代后记

县城生活

基督教认为，上帝花了七天时间创造了世界；藏传佛教认为，生死之间有一个中阴期，正好是七七四十九天。

一

母亲深度昏迷了七天，整整七天。七天中，我目睹着她的眼睛从清透到混沌，直至蒙上一层厚厚的翳，然后她对我们的声音不再有反应。这是一个生命从鲜活到枯萎的过程。

我看见监护仪上的氧饱和度跌破了临界点，他们告诉我，如果跌破这个临界点就意味着没有希望了。之前也有跌破临界点的时候，但总是很快又回升上来，但这次没有。我跑出去叫护士，虽然我知道，一切都已经徒劳。七天，母亲不吃不喝地躺了七天，同学、同事、朋友、亲戚都来看过她，每个人都试图对她说点什么来唤醒她，但她只是听着，没有回应。她一辈子都在笑盈盈地跟人们说话，此刻，她躺在那儿，眼睛看不见，耳朵听不见，对于触摸也没有反应。他们问我："还有谁没有来看过？"

我想了想，说：“都来过了。”再想了想说：“还有县里的人没来。”

二十年前，母亲遵照父亲的遗愿，把他葬回县医院的后山上。父亲说，那里是他这一辈子待得最久的地方，算得上第二故乡。医院的后山上有一片松林和一片果林，被我们叫作“花果山”，那里曾经是我们一家人的“后花园”，有着我们这家人最快乐、最自在的记忆。那时，父母都还青春年少，而我才蹒跚学步。一年前，我回去给父亲扫墓，我已经十年没有回去看过他了。我离开了家，离他也越来越远。

县城里的人说：“把墓重新修整一下，顺便扩成合葬墓。以地方的习俗，在老人身体不好的时候为她修墓叫作‘冲喜’，这样她就会慢慢好起来。”这次我没有征求母亲的意见，做主把原来的墓改成了合葬墓。有一段时间，母亲的状况果真好转，她甚至出门旅游了。

那天下午，来了几个人，都是父亲和母亲在县医院教过的学生，他们都还记得我，说了很多我小时候的事。他们走后不久，氧饱和度便开始下降，跌破了临界点，再也没有升回来。

护士让我在外面等，我知道，他们要做最后的努力。我给林木打电话，他和舅舅在来医院的路上，我的声音在闪电、雷鸣、狂风、暴雨的背景音中显得十分平静，就像几分钟前的风和日丽。几分钟后，雷电和暴雨骤然停了，他们让我进去。

我和姓铁的护士一起给母亲穿衣服，他们说，这里的临终病人都由她来做最后的护理。“主任，我和你女儿一起给你穿衣服，你要配合啊。”她一边动手穿着一边念念有词。母亲的身体温暖、柔软，没有花太多的时间就给她穿戴完毕。我坐回沙发，告别的人都在来这里的路上，这是我与母亲单独相处的最后机会，她躺在那里，不再疼痛。小铁拿来自己平时用的化妆品，说："主任喜欢漂亮，要让她美美地走。"我的鼻子一酸，泪水流了一脸。

二

我坐在延龄的旁边，副驾驶的位置。一路上，我们都没有说话。偶尔想起他小时候的样子，那时候，他还没有上小学，被带到省城，住在我家，我常对他行使姐姐或者城里人的权威，迫使他听从我的指挥。他是一个长相极为出众的农村孩子，就算在城里也属于招人喜欢的那种——大眼睛，虎头虎脑。他是父母在县城认的义子，他的祖父母、外祖父母、父母几乎都曾是我父母的病人。现在，他都已经是一个十岁孩子的父亲，他儿子跟他当年长得一模一样，而他现在只剩下中年男人被生活压迫后的沉默，还有就是我不愿看到的颓然。

快到县城时，我和他的话开始多起来，县城是我们唯一的话题。严格地说，我没有在这里出生，在这里生活的时间加起来还不到两年，父母离开后，我与这里的联系原本就该结束了。延龄说："姐，你多少年没有回来了，变化可大了。"他用"回来"这个动词定义了我与这座县城的关系。

我对这里的记忆不多，其中包括建在山腰的县医院，那里是县城的制高点，站在那儿能看到县城全貌。那是一座两进院的四合院建筑，据说曾经是县衙所在地，是当年县里最好的建筑之一。与县医院遥遥相对的另一个山头上有一座苏式建筑，灰砖的墙体稳定而又庞大，曾经是县委所在地，这座苏式建筑主要用来开全县大会，所以当地人都管它叫“大会堂”。除了召开全县大会，这里也兼做电影院，有时候也在“大会堂”前面的那块空地上放露天电影。1976 年唐山大地震和举办毛主席的追悼会时，就把平时放露天电影的空地改建成了地震棚和临时会场。两座山之间有一条小路，小路被一条河分成了两半，如果雨季涨水，有人在河里垫上大石头，就能照样畅通无阻。白天，清亮的小河就是孩子们的天堂，我们在河里洗澡、嬉戏，学习游泳。这条路也是从医院到大会堂最近的一条，喜欢看电影的父亲从来不走大路，他说，走小路节约时间，省出来的时间，他不是在看书就是在做手术，我不记得他还做过别的什么事。

那时县城只有一条马路，路的两边，百货商店、邮电局、供销社、兽医站、新华书店、长途汽车站和车站旁边的饭店一字排开。新华书店是父亲最常光顾的地方，即便是临时买瓶酱油他也会进去待一阵，而且一定不会空手出来，从《鲁迅全集》到《赤脚医生手册》再到《木工指南》，都被买回了家。

这是条土路，遇到下雨就成了泥浆路，如果遇到赶集天，人们照样在泥浆路两边熙来攘往地采购，一周的蔬菜和鸡鸭鱼肉基本在这一天备齐。赶集的日子是最快乐的，母亲带着我从街头走到街尾，好像所有人都认识我们，常常有人往我们的篮子里放进一点时鲜的蔬菜，而母亲总是在推脱不掉的时候给摊主留下一些钱。当然，我也就经常得到一把瓜子、两捧桑葚这类的好处。

县城的变化的确很大，大到几乎没有任何细节可以佐证我的记忆，除了周家坡的白家，也就是延龄的家。

三

在公鸡的打鸣声中醒来。年轻人上班，孩子们上学，女主人也出门采购去了。见大门虚掩着，我径直走了出去。

晨雾未散的寨子里只有鸟的啾鸣，偶尔有下地干活的男人女人对我行注目礼，村子里的常住人口多少都沾亲带故，他们自然好奇地多看我几眼。清早，透亮的空气和蓝天中变幻不定的云彩引领我呼吸着满是泥土和露珠的气息，此刻的安静和闲适点亮了记忆中关于县城的那个部分。路在村口有两个分岔，铺成柏油路面的通往县一中，再往上便到达原来的县委大院，那幢苏式建筑还方方正正地立在那里，灰色的外墙、巨大的体积是那个时代最鲜明的注脚。只是对面的县医院正在拆除，旧址上将建成全县最高档的住宅小区。我朝着还没来得及修的老路往前走。过去全县城都是这种碎石铺成的弹石路，汽车开在上面像在颠簸箕，这是我通往县城记忆的密钥。

以前，我抱怨过乡村生活的迟缓，在那种仿佛时间都已停滞的节奏里，“不知有汉，无论魏晋”。然而，现在却生出了几分眷恋。

四

回到白家的院子，里面已经人声嘈杂，男人们在院子里抽烟、逗孩子、闲聊，女人们在厨房杀鸡、切肉、炒菜，准备一会儿上山所需的食品。出殡是一个家庭中最重大的事件，比一个新生命的降临更为隆重。

一年中，清明和七月半是春节之外最隆重的日子。尤其是每年的七月半，仪式从七天前的“接祖”开始，整个过程中家里必须留人，确保一日三餐都有人供奉家里的“先祖”，仪式的高潮是第七天晚饭前的“送祖”。这一天，出远门的人都要赶回来，在家门口烧了纸钱，撒了浆米饭，家里人挨个给先祖磕了头，烧了写着详细的收件地址和人名的纸钱包裹，“送祖”仪式才宣告结束，然后家人围坐在一起吃饭。

我像个外人，哪里都插不上手，也接不上茬。

临近中午，年轻人和放学的孩子都回来了，院子里更加热闹，孩子们准确地喊着“二大爹”“三姨父”“表叔”“五婶”，可见了我便要停顿。昨天才出现在家里的这个人，对他们来说难免陌生。

到了山上，村里那位德高望重的法师和他的徒弟早已经在新修的墓地前摆开了阵势。父母没有儿子，便由延龄把母亲的骨灰抱上山，对乡下人来说，即便是义子也算是家里的男丁，很多事只有男人可以出面。而林木是女婿，始终只是外姓人，除非入了赘。

然后，晚辈们在墓前跪成一排，法师带着他的徒弟开始做法事，因为口音，也因为他们的语速，我一句也没有听懂，只是跟着延龄他们，在许多个间隙不停地磕头。仪式持续了一个多小时，然后，女人们开始张罗大家分食供在墓前的饭菜。这时候我才发现，墓地周围已经站满了人，许多我从来没有见过。杨宏毅说，那些都是他的学生，也就是父亲的学生的学生们。

据说，有一年他们中有两人在报考医生资格证前跑到父亲的墓前磕了头，求父亲保佑他们顺利通过。结果，两人都顺利通过，于是又来给父亲磕了头。他们俩现在已经是县里另一家医院的骨干。

不一会儿，大担小担挑上来的汤汤水水、饭菜糕点都吃得精光。大家又按顺序到墓前磕头，这是临走前的告别。女人们则在墓前焚烧纸钱，我也加入其中，她们要求我大声向父母喊话，如果不喊话，他们就收不到我的心意。

接下来的三天，每天早上都要上山给新墓“送水”，意思是不能让新上路的人路上口渴，同时也是再送他一程。新修的墓边特别预埋了一个小土罐，每天上山都要由我象征性地往里面加点水，这个工作一定要我来完成。

下山的路上，女人们把每个上山人的名字都喊了一遍，然后接着喊：“回去喽！大伙回去喽！”她们说，只要是上山的人，尤其是小孩子一定要喊到，否则他们的灵魂会迷失，找不到回家的路。一路上，遇到沟、桥、路口，男人们就停车，烧些纸钱，说是为新上路的人买通守在路上的小鬼，让他们不被为难。

新修的合墓比二十年前的气派了很多，墓碑上写着父母各自的生平，也有人们的怀念和对他们医术的称赞。墓碑上的字是母亲的另一个弟弟写的，他在书法上颇有造诣。我曾经跟着他学过几天写字，可惜，我生性懒惰，半路荒废了。只记得他说：“写好字，最要紧的是学会执笔，而握笔最重要的是懂得浅执，每根手指放在正确的位置上，把握不要过于用力，这样笔锋才能张弛有度。”

五

白家的大门从早到晚都敞开着，不论是亲戚、邻居，还是隔壁家的狗都可以随便出入。堂屋的方几桌上永远都摆满时鲜的水果或县城的特产。

晚上，橘黄的灯光下，全家人聚在堂屋里，有一搭没一搭、东家长西家短地闲扯，串门的客人总能随时接过话茬儿。小辈儿的在一旁沏茶倒水，主人也不刻意寒暄。有时，隔壁家的男人只是闷闷地抽完手里的烟便起身走了，竟连一个告别都没有。我在最靠里的角落坐着，这样可以看到屋里所有的人和他们的行动。年长的几乎都记得我，总是过来说几句关于父母的事迹，我便以延龄的辈分向他们问好，应和他们的回忆，回答他们关于北京的工作和生活的种种好奇。

延龄常驻邻县工作，这次专程到省城接我们回家。这些天，他几乎不在家吃饭，他是白家的长孙，回家一次总有不少表亲需要走动。因为身体的关系，他已经下决心不再喝酒，但这些天总免不了是醉着回来的。他从外面回来，坐下就一言不发地埋头抽烟，妻子泡了茶递过来，然后把剥好的核桃仁放在他手里。作为护士，她自然知道酒精的坏处，但她从不责备埋怨。

父亲按当地的规矩给这个义子取名昊鸥，没有儿子的父亲希望他终能翱翔天空，自在而高远。这个名字用隶书被刻在墓碑上，村子的伙伴也都叫他“老鸥”，倒是我还习惯叫他的乳名。

一代一代的爱与挣脱：母亲和女儿

沈睿

赵敌的《我和我母亲的疼痛》是一部从女儿的角度写母亲、写母亲与女儿的关系、反思母亲与自己成长的长篇散文。这是一部表达了真、刻画了真实、写得真挚的文字。真实、真挚是这部作品的首要特点，决定了这本书很好看，也容易读，跟读者很亲近。

把《我和我母亲的疼痛》这部作品放在中国文学三千多年（从《诗经》算起）中关于“母亲”的主题里考查，这部作品凸显出新的意义：在书写母亲上有新角度，写出了一个不同以往的“母亲”形象，这位母亲正值生命的最后时刻，她的一生都在这最后的一百五十多天里凝聚，折射出一代人、一个社会的缩影，一个个体的复杂。赵敌在这部作品中描述的母亲，是对中国文学“母亲”主题的新贡献。

赵敌所写的母亲与母女关系，在中国文学中很少被触及或讨论，虽然这个议题在西方文学中有重要的传统，也是一个重要的写作、讨论、研究的范畴。作者写出了当代母女之间感情的纠葛与理智的冲突，这些纠葛与复杂冲突，渗透着人性本身的局限与超越的幻想，反映的不仅仅是传统与现代的冲突，也是母女之间——人类永恒的一个关系的复杂性。《我和我母亲的疼痛》所描绘的母女之间的复杂关系，爱与挣脱，疲倦与愤怒，失落与遗憾，是对“母女关系”主题的新开拓。

20 世纪 70 年代中期，正当女权主义思想运动风起云涌之时，美国黑人女权主义作家艾丽斯·沃克提出女性应该“回望我们母亲的花园”，寻找女性自己的文化传统，从母亲到祖母再到上面一代一代的母亲们的精神家园。四十年来，无数的女性写作者与研究者响应艾丽斯·沃克的呼吁，母女关系成为西方女性文学写作与研究的重要议题。在中国，“母女”成为主题，特别是出于写作者的自觉性，还只是开始。赵敔的文字为理解母女关系提供了新的观察视角与反思的机会。

这个新视角的另一面，描述了女儿在照顾母亲走完生命最后旅程这段时期的感情经历。中国文学，无论古今，都缺乏对照顾年迈或患有疾病的父母的观察与思考。众所周知，中国正在进入一个老年社会。随着生活水平的提高，健康保健医疗的发展，大多数人都会正常地步入老年，而七十岁以后人的心理和疾病，以及他们与儿女的关系，在中国文学中几乎是空白的。这部作品是直接面对这个问题的，描述了母亲去世前五个多月的过程以及自己的感受。观察父母，也是对自己的观察，对生命过程的观察，从父母的身上我们看到了自己的明天。思考父母的死亡，其实是对我们自己生命的有限性的审视。这部作品在这几个方面都是对中国文学范围、主题的开拓与挖掘。

真，是写作中最可贵的品质之一，虽然在当代中国文学以及当下的中国文化语境里似乎不那么被重视和提倡。八十回的《红楼梦》，一个“真”字隐藏在“真事隐”的叙事之内，人的各种感情历历在目，是中国叙事文学的最高成就。而在当代中国文学写作里，“真”似乎不是一个衡量的标杆。真，意味着勇气，意味着面对不美好现实的勇气，面对死亡的勇气。赵敔的文字具备这样的勇气，对已经过去和正在进行的假的时代，特别是那个时代的产品——母亲——有独特的观察，所以这部作品完全没有遵从中国文化所推崇的那种“为尊者隐”的传统与规范，而是对母亲采取“写出真实”的立场，写出母亲死亡过程的丑陋。“母亲怎么成为了这样一个人？”作者思考这个问题，从这个侧面写了母亲的一生，她的爱情与个性、她的虚荣与无力、她与时代的关系以及那个时代怎样塑造了她。“我跟母亲的关系到底是怎样的？”作者在每一页里都思考和回答这个问题，这样的反思，从女儿的角度看，看到了一个不同的母亲，一种独特的母亲与女儿的关系。这个母亲不是理想中的母亲，也与中国文化中典型的母亲形象完全不同，这是一个真实的、复杂的母亲，是一个真实的个体。这个真实的个体——赵敔所写的母亲，与中国文化或文学中所塑造的母亲有根本不同。以往中国文化或文学中的母亲形象大致可以分作如下几类。第一类，母亲代表大地、苦难、痛苦、坚韧、牺牲。这样的母亲形象在从20世纪以来的文学作品里已成为类型。就是近年颇受好评的《江上的母亲》也属于这个类型，作品中的母亲为了省钱，为了孩子们继续生活下去，不惜投江自杀，成为牺牲的、苦难的、承受的母亲的最高典范。值得注意的是，写作这个类型的母亲的作者，大多是男性，都是从儿子的角度看母亲。这个类型非常容易被中国读者接受，“受难的母亲”成为中国文化审美的标准之一。

第二类，母亲是无微不至的伟大的母性的代表，母亲细致、耐心，对孩子充满爱和宽大的容忍心，母亲温暖而给孩子带来生活的暖色。中国文学作品里这样的母亲是向西方学习的结果——在两三千年漫长的中国文学传统里，我们几乎找不到这样的母亲，但 20 世纪初的欧风美雨给我们带来了新的母亲、新的母爱。汉学家夏丽（Sally Taylor Lieberman ）在其 1998 年的著作《母亲与现代中国的叙事政治》（*The Mother and Narrative Politics in Modern China*）里分析，这种新型的母亲是在中国现代化的过程中被创造出来的形象，这个形象被赋予特殊的使命：母亲是种族进化和社会进步的化身，母爱为创建有“人格”的人和现代社会人际关系奠定了基础，她将正确地抚育中华民族未来的建设者。冰心回应了那个时代的号召，在她的作品中传达了那个时代的“母爱”的旋律。冰心写的母亲，总是有一种资产阶级的优雅，和那种如苦难大地般生了很多孩子又为孩子奉献的《苦菜花》中的伟大母亲的阶级不一样，拥有无微不至的爱的母亲往往是家境优裕的中产阶级生活的产物，或中产阶级想象的产物，这样的作品，大多出于女作家之手，也是可以理解的，比如现代文学中苏雪林写母亲的散文与故事。在这个模式里，20 世纪 90 年代初，产生了富有激情的张洁的《世界上最疼我的那个人去了》。这部作品中的母亲，是这两种母亲类型的结合。

第三个类型是被革命异化的、怪异的、疯狂的母亲。改革开放三十多年来，一种新的母亲形象出现在我们面前，那就是革命者后裔们回忆的他们著名的母亲，比如李南映所写的母亲范原甄——毛泽东的秘书李锐的前妻，老鬼写的母亲——著名的红色女作家杨沫等。

在中国文学这个坐标系里，我们看到《我和我母亲的疼痛》与以上类型的不同，赵敌为中国当代写出了一个新的母亲。这个母亲不是类型，而是个体；不是表达某种意识形态的形象，而是一个复杂的，也引起复杂感情的女性。赵敌写的母亲，不是西方理论家弗里德里克 · 詹姆逊所论及的文学形式。第三世界的文学，特别是中国文学所创造的形象，大多有政治隐喻，而这一个母亲，这独特的一个母亲，才是写作的根本：展现个体存在的多面性。

赵敌的母亲从职业上看，是中国中产阶级的一员，她是医生，一生努力跟着时代走，甚至努力走在时代的前面；她取得了职业的成功，是一位受人爱戴的妇产科专家，但在私人领域却有更为真实的无力与无奈。她爱女儿，但是这种爱与控制又很难分离；她期待女儿的回来，但又要表现得自己能撑得住孤独与寂寞；她以为对女儿的爱就是给女儿提供更好的物质生活——大房子、钱就是好生活的标志，偏偏忽视了女儿的精神成长与两人的交流，母女之间就这样错位了——对人生理解的错位，导致爱的错位。

爱，贯穿在这些观察与反思的文字里，但爱却不是甜蜜的，而是充满了矛盾，充满了对彼此的伤害。赵敔笔下的母女间的爱，与中国既存的文学中的母女之爱都不同。中国现代文学中从女儿的角度写母女关系的第一篇文字是20世纪初秋瑾的《精卫石》。这是一部未完成的弹词，在现有的六回残篇里，秋瑾描绘了母女之间同为女人的苦难。母亲是受难者，是受男权和男人迫害的牺牲品。母亲不理解受到西方思想影响的女儿，逼迫女儿嫁给女儿不爱的男人，在这个意义上，母亲又成为了施害者，成为压迫者的帮凶。女儿对母亲的处境和行为表示理解，最终在母亲的默许下，偷偷离开了中国。秋瑾的母女关系成为"五四"时代女儿写母女关系的一个模式，那就是母亲既是被压迫和落后的典型，也是压迫和落后的典型，如女作家冯沅君在其作品《隔绝》以及白薇的自传作品中所表达的。

在中国传统文学的历史长河里——从《诗经》算起，母亲与女儿的关系从来都不是主题。中国传统文学里诗歌是最高的文学样式，从《诗经》到19世纪末的中国诗歌里，我们很少读到从母亲或从女儿的角度写的母女之间关系的作品，这是让人很不解的现象，因为清代某些女性可以在书院里读书写作，且清朝出版的女性诗歌为中国历史之首，数千诗集在清朝鼎盛时期出版，但是有关母女关系的诗歌，流传或现在被阅读的不多，几乎不存在。也许是我对中国传统文学了解太少，另外，我的阅读也很有限，不过以女性写作的弹词为例，数百部出于女性之手的长篇弹词里，有没有母女关系的描述？中国传统文学中不乏从儿子角度写的母亲，但是从女儿的角度写母女关系的，几乎没有，或等待被发掘。

进入 20 世纪，由于“五四”女作家群的出现，中国现代文学中的母女关系有了端倪。很多女作家的作品触及这个议题，但是她们呈现的母女关系，或是完美无缺，如冰心作品中的人物，或是勉强去完美无缺，如冯雪林的长篇小说《棘心》，里面的母女矛盾被强制性美好，呈现出女作家不敢面对真实的怯懦——这种怯懦本身，并不是女作家的性格弱点，而是 20 世纪初中国女性文学萌芽状态的产物。一方面，知识分子话语没有给女性写作提供足够的理论与思想资源，母女关系不被认为是重要的题目；另一方面，女性写作还在初始阶段，还没有足够的精神力量去面对这个主题。

赵玫的写作是这个历史长河的一部分，她写作的勇气标志着中国女性写作的成熟：这部作品中的母女关系——爱的姿势，如同作品中的“我”背着母亲在房间内散步所表达的，既是彻骨的爱，也是隔着衣服的肌肤相亲——隔膜的爱。母女的矛盾源于骨肉的爱，但母女的爱却不是源于骨肉相连。在多大程度上，母女之爱是一个文化构建呢？面对死亡，女儿看着母亲一步步地走向终点，她一方面无能为力，一方面做最后的努力，并且反思母亲怎样对待死亡。母亲从一个事业的成功者，一个时时处处都想高人一筹的人，成为了失败者——死亡面前，我们谁不是失败者？

可是母亲不甘心成为失败者，这个想打败疾病的女性，终要被疾病打败，我们目睹着母亲一步步的失败，也目睹着她的不甘。这个悲剧是永恒的，不仅是母亲的，恐怕也是我们每个人的。

照顾疾病中的母亲，需要多少耐心与忍耐？爱不是轻飘飘的话，而是蒸一碗母亲满意的鸡蛋羹，可是这位母亲却很难满意。母亲漂亮能干，甚至把自己理想化，让自己成为标杆，女儿在母亲的标杆下似乎永远都是不及格的，女儿的沉重、内心的绝望、无法用语言表达的爱，以及想永远挣脱开的渴望——阅读通篇，我深感母女的相像超过作者在这篇文字里愿意承认的。母亲以医生的身份救过很多女性，赢得了广大人心，却没能跟自己的女儿心心相连。由于不同的时代，也由于对生活不同的梦想，女儿倔强地离开了母亲。母亲同样倔强，就是再孤单也绝不发出呼救的呻吟。在个性上和对梦想的追求上，我们从女儿的身上看到了母亲的延续；在思考上，无论是对自己行动的思考，还是对母亲行动的理解，从女儿的笔端我们能看出母亲的影子。这也许是女权主义无法逃脱的命运：我们总觉得自己比母亲那一代更勇敢，可现实呢？没有一代一代勇敢的、独立的母亲，怎么能有独立的我们？

这本书是赵敔的第一部重头作品，通过写母亲，她写出了自己，写出了女性的成长。这些观察，是对母亲衰老的观察，也是对自己成长的反省。我钦佩赵敔的勇气，因为这样写母亲是需要极大的勇气的。我喜欢赵敔的文字：真实、自然、流畅、准确，毫不矫揉造作，这是她多年来的厚积薄发。在中国文学和中国女性文学的写作上，这篇作品开拓了新领域，达到了新高度。这是每个写作者都梦想的，只有勇气和才气才能使人到达这个里程碑。而从女权主义文学以及文学研究的角度看，这篇作品让我为中国女性文学骄傲：我们终于有了成熟的、真实的、复杂的对母亲和母女关系的思考，这是未来写作者们的新起点。

2013 年 7 月 24 日于法国乡下柳荫老屋

铁葫芦

阅读开始了

《西部招妻》 马宏杰 著

近三十年来，中国国家地理摄影师马宏杰的作品持续记录了社会底层人物的真实生存状况，展现了扎根于中国乡土的人物故事、风景民俗。本书里，马宏杰用镜头和文字记录了河南残疾人老三，还有湖北青年刘祥武找媳妇的过程。

《我不知道该说什么，关于死亡还是爱情》 S.A. 阿列克谢耶维奇 著

作者曾连续获得诺贝尔文学奖提名，并进入决选名单。本书为当代纪实文学经典。作者访问了上百位受到切尔诺贝利核灾影响的人们，并将这些访谈以独白的方式呈现，巨细靡遗的写实描绘，使这场悲剧读起来像世界末日的童话。

《乱时候，穷时候》 姜淑梅 著

姜淑梅 1937 年生于山东省巨野县，1997 年开始认字，2012 年开始写作，部分文字刊于《读库 1302》《读库 1304》《读库 1306》等。作者讲述了近百年来亲身与闻的“乱穷时代”往事，被读者誉为：每个字都“钉”在纸上，每个字都“戳”到心里。著名作家王小妮称作者是中国“最后的讲故事的人”。

《出梁庄记》 梁鸿 著

历时 2 年，走访 10 余个省市、340 余人，以近 200 万字的图文资料，整理撰写的非虚构作品。他们是中国特色农民，长期远离土地，长期寄居城市，他们对故乡已经陌生，对城市未曾熟悉。他们是中国近 2.5 亿农民工大军的镜子。梁庄与梁庄人的迁徙与命运，中国的细节与经验。看梁庄人走出去的路，看中国农民走出去的过程，看见“看不见”的中国。

《工厂女孩》 丁燕 著

在东莞，数百万从乡村奔赴城市的年轻女孩，固定在工厂流水线旁，日夜重复着机械的劳动。2011 年，作者丁燕化装为女工，亲身经历了最真实、最深刻的工厂生活，详细记录了一个个工厂女孩青春、爱情与梦想的萌生与破灭，也是对裹挟了无数人命运的现代工业化模式的追问。

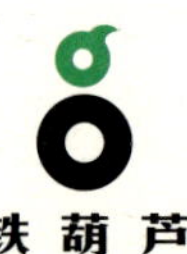

铁肩担道义　葫芦藏好书